अलेक्सान्द्र रास्किन

पापा जब बच्चे थे

INSIGHT PUBLICA ®

INSIGHT PUBLICA®

Kozhikode, Kerala, India 673011
www.insightpublica.com
e-mail: insightpublica@gmail.com

Papa Jab Bache The

(When Daddy Was a Little Boy in Hindi)

Alexander Raskin

First Insight Publica Edition: October 2020

ISBN 978-93-90404-39-1
Printed and Published by
Insightinpublica Printers & Publishers Pvt. Ltd.
₹ 239

सोविएट के वे शानदार पुस्तक फिर एक बार।

भूत पूर्व सोविएट यूनियन की पुस्तकें जो केरल में व्यापक रूप से प्रसारण में थी, उन पुस्तकों की यादें हमारे मन में आज भी ताज़ा हैं। पुस्तक, जो शानदार किस्सों, दिलचस्प वैज्ञानिक तत्वों और मनोहर चित्रों से भरे थे और जो पाठकों के मन मोह चुके थे। उन पुस्तकों का हम पर एक अमिट प्रभाव था और अविस्मरणीय वाचन का अनुभव भी प्रदान किया था।

अब जब यूनियन न रहा तो, मनभावन कहानियों के वह पुस्तक भी न रहे। बस मीठे यादों वाले अतीत की ललक बाकी रह गई । फिर भी पाठक उन अनुपम पुस्तकों की लगातार खोज करते आ रहें हैं। इसलिए इनसाइट पब्लिका में हम उनमें से कुछ पुस्तकों को उसी पुराने अंदाज़ में प्रकाशित कर रहें हैं। और अत्यंत कृतज्ञता और आनंद के साथ मैं आपको बताना चाहता हूँ की इस योजना में पाठकों ने पूरे दिल से हमारा समर्थन किया है।

इस परियोजना के दौरान हमें उस महान देश के साहित्य कल्पना की गहराई और विशालता के बारे में एहसास हुआ । अनुवाद के द्वारा वह उदात्त कहानियाँ कई देशों और भाषाओं की सीमायें लांघ चुकी थी। यह पुस्तक सर्वव्यापी थे - सिर्फ एक उत्पन्न की तरह नहीं, बल्कि एक संस्कृति के रूप में।

हमने सोविएट कहानियों को भारतीय भाषाओं में अनुवाद के पुनः प्रसिद्धीकरण के इस साहसिक यत्न का श्रम यह सोचकर किया की इससे इनसाइट पुब्लिका को भी आवेग अवलम्ब मिलेगा।

आप पाठकों को अब स्कैन किये हुए फ़ोटोस्टेट कापियों से अब और नाखुश होने की आवश्यकता नहीं पड़ेगी। इनसाइट पब्लिका उन पुस्तकों को आपके हाथ में एकदम पहले वाली ताज़गी और मिठास के सात पहुंचाएगी।

अत्यंत विनम्रता और गर्व से हम आपके लिए वहीं शानदार सोविएट कहानियाँ एक बार और पेश करते हैं।

सुमेश इनसाइट.

अनुक्रम

लेखक की ओर से

मैं तुम्हें यह बताना चाहता हूँ कि मैंने यह किताब क्यों लिखी। मेरी एक बेटी है। उसका नाम है साशा। अब तो खासी बड़ी हो गई है और अपने बारे में बात करते समय वह अक्सर कहा करती है, "जब मैं छोटी थी..." साशा जब बहुत छोटी थी, तो वह अक्सर बीमार पड़ जाया करती थी। कभी उसे बुखार होता , कभी उसका गला दुखने लगता , तो कभी कान में दर्द हो जाता। तुम्हारे कान में कभी दर्द हुआ हो, तो तुम्हें पता होगा कि इसमें कैसी तकलीफ होती है। और अगर कभी तुम्हारे कान में दर्द हुआ नहीं, तो बताना बेकार है , क्योंकि तुम्हारी समझ में यह आयेगा नहीं।

एक बार साशा के कान में ऐसा दर्द हुआ कि वह पूरे दिन और पूरी रात रोती ही रही। वह ज़रा भी न सो सकी। मुझे उस पर इतना तरस आ रहा था कि मैं खुद रोने को हो रहा था। इसलिए मैंने उसे किताबें पढ़कर सुनाई और मज़ेदार कहानियां सुनाई। मैंने उसे कहानी सुनाई कि जब मैं बच्चा था, तब कैसे एक बार मैंने अपनी नई गेंद मोटर के नीचे फेंक दी थी। साशा को यह कहानी बहुत पसंद आई। उसे यह जानकर बड़ा अचरज हुआ कि उसके पापा भी कभी छोटे बच्चे थे, वह दंगा करते थे और सज़ा भी पाते थे। उसने इस कहानी को याद रखा, और जब भी उसके कान में दर्द होता, वह चिल्लाने लगती, "पापा, पापा! मेरा कान दुख रहा है ! तुम मुझे तब की कहानी सुनाओं, जब तुम बच्चे थे।" हर बार मैं उसे एक कहानी सुनाता। इस किताब में तुम्हें वे सब कहानियां मिल जायेंगे। मैंने अपने साथ हुई सभी मज़ेदार बातों को याद करने की कोशिश की, क्योंकि मैं एक बीमार बच्ची को हंसाना चाहता था। इसके अलावा, मैं अपनी बिटिया को यह समझाना चाहता था कि लालची या शेखीखोर या नकचढ़ा बनना अच्छी बात नहीं है। इसका यह मतलब नहीं कि मैं हमेशा ही ऐसा था। कभी-कभी, जब मैं कोई कहानी न सोच पाता था, तो मैं अपनी जान-पहचान के पिताओं की कहानियां - ले लेता था। आखिर, हर पिता कभी न कभी छोटा-सा बच्चा था ही। इसलिए इन कहानियों में से कोई भी गढ़ी हुई नहीं है, ये सब छोटे बच्चों के साथ

हुई घटनाएँ हैं।

अब साशा बड़ी हो गई है। वह कभी-कभार ही बीमार पड़ती है और बड़ी-बड़ी किताबें खुद ही पढ़ सकती है।

लेकिन मैंने सोचा कि दूसरे बच्चे शायद यह जानना चाहें कि एक पापा जब बच्चा था, तब उसे क्या-क्या हुआ था।

बस, मैं यही कहना चाहता था। लेकिन ठहरो! बात कुछ और भी है। इस किताब में कुछ और भी जोड़ा जा सकता है। तुम में से हर कोई बाकी हिस्से को खुद पा सकता है, क्योंकि तुम्हारे पापा भी तुम्हें तब की बातें बता सकते हैं, जब वह खुद नन्हे से बच्चे थे। इसी तरह तुम्हारी माँ भी बता सकती हैं। मैं उनकी कहानियां भी सुनना पसंद करूँगा।

शुभकामनाओं के साथ,

तुम्हारा मित्र,

अलेक्सान्द्र रास्किन

पापा
जब बच्चे थे

पापा ने अपनी गेंद मोटर के नीचे फेंकी।

पापा जब बहुत ही छोटे थे और पाब्लोवो-पोसाद नामक छोटे से शहर में रहते थे, तो उनके माता-पिता ने उन्हें एक सुंदर, बड़ी गेंद दी। गेंद बिल्कुल सूरज जैसी थी। न, बल्कि सूरज से भी अच्छी थी। उसकी तरफ एकटक देखा जा सकता था। और सूरज से तो वह चार गुनी सुंदर थी, क्योंकि वह चार अलग-अलग रंगों की थी। सूरज तो एक ही रंग का है, और सो भी कहा नहीं जा सकता कि वह कौन सा है। गेंद एक तरफ से मिठाई की गोली की तरह गुलाबी थी और दूसरी तरफ से चॉकलेट की तरह कत्थई।

उसका ऊपरी हिस्सा आसमान की तरह नीला था और पेंदा घास की तरह हरा था। पूरे पाब्लोवो-पोसाद में किसी ने ऐसी गेंद पहले कभी नहीं देखी थी। वह मास्को में खरीदी गई थी। मेरे खयाल से

मास्को में भी उस जैसी ज़्यादा गेंदें नहीं थीं। बड़े-बड़े लोग भी उसे देखने के लिए आया करते थे।

"भई वाह, कैसी सुंदर गेंद है!" वे सभी कहा करते थे।

गेंद सचमुच बहुत ही खूबसूरत थी। और पापा को उस पर बड़ा नाज़ था। गेंद को लिए वह जिस तरह अकड़कर चला करते, उससे तो यही लगता था कि जैसे गेंद उन्होंने ही बनाई है और इन चारों रंगों से उसे रंगा है। जब पापा अपनी खूबसूरत गेंद लेकर बाहर खेलने जाते, तो चारों तरफ से लड़के दौड़े आते।

"देखा, कैसी गेंद है!" वे कहते। "हमें खेलने दो न, इससे!" लेकिन पापा अपनी गेंद को कसकर पकड़ लेते और कहते:

"न, मैं नहीं दूँगा! यह मेरी गेंद है! है किसी के पास ऐसी गेंद ? यह मास्को में खरीदी हुई है! चलो, भागो! मेरी गेंद को हाथ न लगाना!"

इस पर लड़के कहते : "तू लालची है, एकदम !"

लेकिन पापा को उनके कहने की परवाह नहीं थी। वह उन्हें अपनी सुंदर गेंद से नहीं खेलने देते थे। वह उससे अकेले ही खेलते। लेकिन अकेले खेलने में ज़्यादा मज़ा नहीं आता। यही वजह थी कि लालची पापा दूसरे लड़कों के पास ही खेला करते थे। वह उन्हें जलाना चाहते थे।

इस पर लड़कों ने कहा : "यह लालची है। हम इसके साथ नहीं खेलेंगे !" पूरे दो दिन वे पापा के साथ नहीं खेले। तीसरे दिन उन्होंने कहा :

"गेंद तेरी बुरी नहीं है। यह बड़ी भी है और इसके रंग भी अच्छे हैं। लेकिन इसे अगर तू मोटर के नीचे फेंक दे, तो और गेंदों की तरह यह भी फट जाएगी। इसलिए इसमें अकड़ने की कोई बात नहीं है।"

"मेरी गेंद कभी नहीं फटेगी!" पापा ने घमंड से कहा। अब तक वह इतने ऐंठ गये थे कि लगता था, जैसे वह खुद चार रंगों में रंगे हुए हों।

"हां-हां, फट जाएगी!" लड़कों ने चिढ़ाते हुए कहा। "नहीं फटेगी!"

"ले, वह रही मोटर," लड़कों ने कहा "तो? जा , फेंक न उसे ! क्यों, डर लग रहा है?"

पापा ने अपनी गेंद मोटर के नीचे फेंक दी। क्षण भर वे सभी बूत

बने खड़े रहे। गेंद अगले पहियों के बीच से लुढ़ककर निकल गई और पिछले दाएं पहिये के एकदम नीचे पहुंच गई। मोटर ने झटका खाया , गेंद के ऊपर से निकली और सीधी आगे चली गई। लेकिन गेंद वहीं मौजूद थी।

"नहीं फटी! नहीं फटी !" गेंद को लेने के लिए लपकते हुए पापा चिल्लाएं। तभी जोरों से आवाज़ हुई-धड़ाक! लगता था, जैसे छोटी तोप दागी गई हो। यह गेंद की ही आवाज़ थी। वह फट ही गई। पापा भागते हुए जब वहां पहुंचे, जहां वह पड़ी हुई थी, तो उन्हें बस रबड़ का एक मैला चिथड़ा-सा ही नजर आया। वह ज़रा भी सुंदर नहीं था। अब पापा ने रोना शुरू किया। वह घर को भागे और सभी लड़के ज़ोर-ज़ोर से हंसने लगे।

"फट गई ! फट गई !" वे चिल्लाएं। "अच्छा सबक मिला तुझे !"

जब पापा ने घर आकर कहा कि वह अपनी खूबसूरत नई गेंद को मोटर के नीचे फेंक आये हैं, तो दादी ने पापा की पिटाई की। शाम को जब दादा काम से लौटकर घर आए, तो पापा की फिर पिटाई हुई।

पिटाई करते हुए दादा ने कहा : "मैं तुझे गेंद के लिए नहीं, बल्कि तेरी बेवकूफी के लिए पीट रहा हूँ |" और इसके काफी बाद तक लोगों को इसी बात पर अचरज होता रहा कि कोई ऐसी सुंदर गेंद को मोटर के नीचे कैसे फेंक सकता है ?

"कोई बेवकूफ लड़का ही ऐसा कर सकता है," उन्होंने कहा।

और काफी समय बाद तक बच्चे पापा को चिढ़ाते रहे "क्यों, तेरी नई गेंद कैसी है?" ।

लेकिन केवल पापा के चाचा ने खिल्ली नहीं उड़ाई। उन्होंने पापा से बिल्कुल शुरू से पूरी बात बताने के लिए कहा।

फिर उन्होंने कहा : "न, तू बेवकूफ तो नहीं है।" पापा बहुत खुश हुए।

"लेकिन तू लालची है और तुझे शेखी बघारना अच्छा लगता है," उन्होंने कहा। "यह बात बुरी है। जो कोई भी गेंद से अकेले ही खेलना चाहेगा, वह घाटे में रहेगा। अगर तू अपनी आदत नहीं बदली, तो तुझे हमेशा रंज होगा।"

पापा बहुत डर गये और रोने लगे। उन्होंने रोते-रोते कहा कि वह लालची नहीं बनना चाहते और शेखीखोर भी नहीं होना चाहते। वह इतनी ज़ोर-ज़ोर से और इतनी देर तक रोते रहे कि चाचा को विश्वास हो गया और उन्होंने पापा को एक नई गेंद खरीदकर दे दी। यह पहली गेंद जैसी सुंदर तो नहीं थी, लेकिन गली के सभी लड़के उससे खेलते थे। हर किसी को मज़ा आया और किसी ने भी पापा को लालची नहीं कहा।

पापा ने कुत्ते को सिखाया

पापा जब बच्चे थे,तो एक दिन उन्हें सर्कस दिखाने ले जाया गया। सर्कस बड़ा ही दिलचस्प था। उन्हें रिंगमास्टर ही सबसे अच्छा लगा, इसलिए कि वह बहुत ही शानदार पोशाक पहने था, इसलिए कि 'रिंग मास्टर' शब्द बहुत ही शानदार लगता था और इसलिए भी कि सारे ही शेर और चीते उससे डरते थे। उसके पास चाबुक और पिस्तौलें थीं, मगर वह उनका शायद ही कभी इस्तेमाल करता था।

"जानवर मेरी आँखों से डरते हैं!" उसने अखाड़े में ऐलान किया।

"मेरा सबसे बड़ा हथियार मेरी आँखें ही हैं! कोई भी जंगली जानवर किसी आदमी के अपनी आंखों में देखने से डरता है !" और सच ही, जैसे ही वह शेर की तरफ देखता, शेर स्टूल पर बैठ जाता, पीपे पर उछलकर चढ़ जाता, और मरा होने का नाटक तक करता, और

यह सब इसलिए कि वह आदमी की निगाहों को झेल नहीं सकता था। - बैंड-बाजे का शोर हुआ, हर किसी ने तालियां बजाईं और रिंग मास्टर की तरफ देखा और उसने दिल पर हाथ रखकर चारों तरफ झुककर दर्शकों का अभिवादन किया। यह सब बड़ा ही शानदार था ! नन्हे पापा ने फैसला किया कि बड़े होकर वह भी रिंग मास्टर बनेंगे। उन्होंने सोचा कि वह शुरूआत किसी ऐसे जानवर को सिखाकर करेंगे , जो ज़्यादा जंगली न हो। आखिर पापा अभी भी बच्चे ही थे। वह जानते थे कि शेरों और चीतों जैसे बड़े-बड़े जानवर नौसिखियों के मतलब के नहीं हैं। उन्होंने तय किया कि वह कुत्ते से शुरूआत करेंगे, और सो भी ज़्यादा बड़े कुत्ते से नहीं, क्योंकि बड़ा कुत्ता तो लगभग छोटे शेर जैसा ही होता है। उन्हें जरूरत थी कुछ छोटे कुत्ते की।

जल्दी ही उन्हें अपने मतलब का कुत्ता मिल गया।

पाब्लोवो-पोसाद में एक छोटा-सा पार्क था। अब वहां एक काफी बड़ा पार्क है, मगर यह सब बहुत पहले की बात है। दादी पापा को पार्क में घुमाने ले जाया करती थीं। एक दिन पापा खेल रहे थे और दादी बेंच पर बैठी पढ़ रही थीं। पास ही एक बेंच पर सुंदर कपड़े पहनी हुई एक महिला बैठी थीं , जिनके पास एक कुत्ता था। महिला भी पुस्तक पढ़ रही थीं। कुत्ता बहुत छोटा तथा सफेद था और उसकी बड़ी-बड़ी काली आँखें थीं। उसने अपनी बड़ी-बड़ी काली आँखों से नन्हे-से पापा की तरफ मानो यह कहते हुए देखा : "उफ़, मुझे सीखने की कितनी साध है ! ऐ लड़के, तुम मुझे सिखा दोगे न ! आदमी की आंखों की निगाह को मैं झेल नहीं सकता !"

और नन्हे पापा कुत्ते को सिखाने के लिए उसकी ओर बढ़े। दादी और कुत्ते की मालकिन, दोनों किताब पढ़ने में मशगूल थीं, इसलिए उन्होंने कुछ भी नहीं देखा। कुत्ता बेंच के नीचे लेटा था और अपनी रहस्य पूर्ण, बड़ी-बड़ी काली आँखों से पापा को देख रहा था। पापा धीरे-धीरे उसकी ओर बढ़ रहे थे और सोच रहे थे : "लगता है कि इस पर मेरी निगाह का कोई असर नहीं पड़ रहा है... हो सकता है कि शेर से ही शुरू करूँ? लगता है कि इसने सीखने का इरादा बदल लिया है।"

उस दिन गर्मी पड़ रही थी और पापा बस नीकर और सैंडल पहने थे। पापा उसकी ओर और पास आते चले गये , मगर कुत्ता उन्हें देखता वहीं पड़ा रहा। जब पापा बहुत पास आ गये, तो कुत्ता अचानक उछला और उसने उनके पेट काट लिया। क्या शोर मचा! पापा चीख पड़े। दादी चीख पड़ी। कुत्ते की मालकिन चीख पड़ी और कुत्ता ज़ोर से भोंकने लगा। पापा चीख रहे थे :

"ऊं-ऊं! इसने मुझे काट लिया !"

दादी चीख रही थीं: ।

"अरे! इसने इसे काट लिया !"

और कुत्ते की मालकिन चीख रही थी :

"यह उसे छेड़ रहा था! मेरे कुत्ते ने कभी किसी को नहीं काटा!"

और कुत्ता जो चीख रहा था, उसकी तुम बस कल्पना ही कर सकते हो।

सभी तरफ से लोग दौड़ते हुए आ गये। सभी चिल्ला रहे थे :

"बड़ी बदतमीजी है!"

पार्क के रखवाले ने उनके पास आकर पूछा :

"क्यों छोकरे, तू कुत्ते को चिढ़ा रहा था क्या?"

"न," पापा ने कहा। "मैं तो इसे सिखा रहा था।"

इस पर सभी हंस पड़े।

रखवाले ने पूछा :

"कैसे?"

"मैं इसकी आँखों में आँख डाले इसकी तरफ जा रहा था," पापा ने कहा, "अब मैंने देख लिया कि यह आदमी की नज़र को बर्दाश्त नहीं कर सकता।"

सभी फिर हंसने लगे।

"देखा!" कुत्ते की मालकिन ने कहा। "लड़के का ही कसूर है। उससे किसी ने मेरे कुत्ते को सिखाने के लिए नहीं कहा था। और आप पर तो," उसने दादी की तरफ मुड़ते हुए कहा, "अपने बच्चे की देखभाल न करने के लिए जुर्माना होना चाहिए।"

दादी का दम रुक गया। वह इतनी चकित हो गईं कि एक बात भी न कह सकीं। तब पार्क के रखवाले ने कहा :

"यह नोटिस देखा है कि 'कुत्ते लाना मना है !' अगर इस पर यह लिखा होता कि 'बच्चे लाना मना है !' तो मैं इन पर जुर्माना कर देता। लेकिन अब मैं आप पर जुर्माना करूँगा। और मैं आपको पार्क से चले जाने के लिए कहूँगा। यह बच्चा खेल रहा था, मगर आपका कुत्ता तो काटता है। लेकिन, छोकरे, खेलते वक्त तुझे अपने दिमाग का इस्तेमाल करना चाहिए। आखिर कुत्ते को तो यह नहीं मालूम था कि तू उसकी तरफ किस लिए आ रहा है। हो सकता है कि उसने यही सोचा कि तू उसे काटना चाहता है। समझा?"

"हाँ," पापा ने कहा। अब वह रिंग मास्टर बनना नहीं चाहते थे। और उन्हें जो सूइयाँ लगवानी पड़ीं- छूत से बचने के लिए - उसके बाद तो उन्होंने तय कर लिया कि यह पेशा किसी काम का नहीं।

आदमी की आँखों की उस निगाह के बारे में , जिसे झेलने की जानवरों से आशा नहीं की जाती, अब उनकी अपनी समझ बन गई थी। और बाद में जब उनकी एक लड़के से मुलाकात हुई , जिसने एक बड़े भयानक कुत्ते की पलकें उखाड़ने की कोशिश की थी, तो पापा और यह लड़का दोनों एक-दूसरे को फ़ौरन समझ गये।

यह कोई खास बात नहीं थी कि दूसरे लड़के को कुत्ते ने पेट पर नहीं, दोनों गालों पर काटा था। पर सूइयाँ तो उसे भी अपने पेट में ही लगवानी पड़ी थीं।

पापा ने कविताएं लिखीं

पापा जब बच्चे थे, तो उन्हें पढ़ने का बड़ा शौक था। पढ़ना उन्होंने चार बरस की उम्र में ही सीख लिया था और वह पूरे-पूरे दिन पढ़ने पर ही लगा देने के लिए तैयार थे। जब दूसरे बच्चे इधर-उधर दौड़ते और तरह-तरह के दिलचस्प खेल खेला करते थे, पापा बस पढ़ते ही रहते थे। दादा और दादी को चिंता होने लगी। उन्होंने कहा कि इतना ज़्यादा पढ़ना बहुत हानिकर है। उन्होंने पापा को किताबें देना बंद कर दिया और पापा को वे तीन घंटा रोज़ से ज्यादा नहीं पढ़ने देते थे। लेकिन इससे कोई फायदा नहीं हुआ। नन्हे से पापा अब भी सुबह से रात तक पढ़ते ही रहते थे। पढ़ाई के तीन घंटे तो वह सब की आंखों के सामने ही पढ़ते गुज़ारते थे। इसके बाद वह गायब हो जाते। वह अपने पलंग के नीचे छिप जाते और पढ़ने लगते। वह

अटारी में जा छिपते और पढ़ने लगते। वह चारा रखने के कोठे में जा छिपते और पढ़ने लगते। चारे के कोठे में पढ़ने में ही सबसे ज़्यादा मज़ा आता था। सूखी घास से बड़ी मीठी महक आती थी। घर में हर पलंग के नीचे उनकी तलाश चलती थी और वह हर किसी के उन्हें पुकारने की आवाज़ें सुन सकते थे। पापा शाम के खाने के वक्त ही लौटकर घर में आते। फ़ौरन ही उन्हें सज़ा मिलती। फिर , वह जल्दी-जल्दी खाना खाते और सोने चले जाते। आधी रात में वह उठ बैठते और बत्ती जलाकर पढ़ना शुरू कर देते। उन्होंने न जाने कितनी किताबें पढ़ डाली- चुकोव्स्की की 'घड़ियाल', 'गुलीवर की यात्राएं', पुश्किन की परियों की कहानियां', 'अलिफ़-लैला' और 'रॉबिंसन क्रूसो'। दुनिया में कैसी-कैसी बढ़िया-बढ़िया किताबें थीं! वह उनमें से हर किसी को पढ़ना चाहते थे। समय तेज़ी से कटता जाता। तभी दादी आ जातीं। वह उनकी किताब ले लेतीं और बत्ती बुझाकर चली जातीं। पापा कुछ देर बाद फिर जाग जाते, बत्ती जलाते और पहले जैसी ही कोई और दिलचस्प किताब लेकर पढ़ना शुरू कर देते। तब दादा आ जाते , किताब छीन कर बत्ती बुझा देते और अंधेरे में पापा को कसकर धौल जमाते।

मगर इससे उन्हें इतनी तकलीफ़ नहीं होती थी, जितनी उनके मन को होती थी।

इस सब का अंत बहुत बुरा हुआ। पहली बात तो यही हुई कि पापा की आँखें खराब हो गईं – आखिर पलंग के नीचे, अटारी में या चारे के कोठे में रोशनी ज्यादा नहीं होती थी। इसके अलावा, उन्होंने बिस्तर में कंबल के नीचे छिपे-छिपे पढ़ना सीख लिया था - बस रोशनी आने के लिए उसमें एक छोटा-सा छेद रहता था। लेटे-लेटे और खराब रोशनी में पढ़ना बहुत हानिकर है। इसलिए नन्हे पापा को चश्मा लगाना पड़ा।

यह लगभग इसी समय की बात है कि पापा ने तुक बंदी करना शुरू कर दिया।

उन्हें बिल्ली नज़र आती और वह कहते :

"बिल्ली मौसी आऊँ,
बोलो मुंह से म्याऊँ !" ..

उन्हें कोई कुत्ता नज़र आता, तो वह कहते :

"कुत्ते, मेरे यार
खाओगे तुम मार!"

तभी उन्हें मुर्गा नजर आता और वह कहते :

"टेढ़ी गर्दन, टेढ़ी चाल ।
बोल कुकड़ूंकू की देवे ताल !"

और जब उन्हें अपने ही पापा नज़र आते , तो वह कहते :

"पापा अब तुम जाओ लेट
हमको दे दो चॉकलेट !"

दादा और दादी को पापा की तुकबंदियां बहुत अच्छी लगती थीं। उन्होंने उन्हें लिख डाला। घर पर कोई आता, तो वे उन्हें पढ़कर सुनाते । मेहमानों ने भी उन्हें लिख लिया। अब, जब भी लोग जमा होते, तो वे पापा से कहते :

"भई, कोई नई कविता सुनाओं!"

और पापा बड़े खुश होकर अपनी नई कविता सुनाते। वह इन शब्दों के साथ खत्म होती थी :

"बिल्ला देखो काला
इसको किसने पाला?"

सभी मेहमान बहुत हंसते। वे जानते थे कि ये तुकबंदियां किसी काम की नहीं हैं और कोई भी ऐसी तुकबंदियां गढ़ सकता है। मगर पापा यही समझते थे कि उनकी कविताएं बहुत बढ़िया हैं। वह सोचते कि लोग खुशी के मारे हंस रहे हैं और अब वह पक्के कवि बन गये हैं। सालगिरह की हर पार्टी में वह अपनी कविताएं सुनाते। लीज़ा मौसी की शादी में भी उन्होंने अपनी कविताएं सुनाईं। अलबत्ता इस बार यह इतनी ज़ोरदार नहीं रही, क्योंकि वह इन शब्दों के साथ शुरू हुई थी :

"किसने सोचा था भई वाह
कि होगा लीज़ा मौसी का भी ब्याह !"

सभी मेहमान दिल खोलकर हंसे , मगर लीज़ा मौसी के आँसू फूट पड़े और वह अपने कमरे में भाग गईं। हंसी दूल्हे को भी नहीं आई ,

यद्यपि वह रोने भी नहीं लगा था। पापा को सज़ा नहीं मिली , क्योंकि आखिर वह लीज़ा मौसी के दिल को दुखाना तो चाहते नहीं थे। मगर इस बात की तरफ़ पापा का ध्यान जाने लगा कि उनकी तुकबंदियां सुनकर कुछ बड़े पहले की तरह अब नहीं हंसते। तभी उन्होंने किसी आदमी को दूसरे से यह कहते सुना :

"यह अद्‌त बच्चा कभी अपनी बकवास बंद भी करेगा?"

पापा ने दादी से जाकर पूछा :

"अद्‌त बच्चा किसे कहते हैं ? "

"ऐसे बच्चे को, जो मामूली न हो," दादी ने कहा।

"उसमें ऐसा क्या होता है कि वह मामूली नहीं होता?"

"ऐसा बच्चा वायलिन बजाता है या गणित में बहुत अच्छा होता है या फिर वह अपनी बेचारी मां को दुनिया भर के बेकार के सवाल पूछ-पूछकर परेशान नहीं करता।"

"और जब वह बड़ा होता है, तो क्या होता है ? "

"वह आम तौर पर बहुत मामूली आदमी ही बनता है।"

"यह बात है !" पापा ने कहा, "अब मैं समझ गया।"

सालगिरह की अगली पार्टी में उन्होंने अपनी कविता नहीं सुनाई। उन्होंने कह दिया कि मेरा सिर दुख रहा है। इसके बाद बहुत दिनों तक उन्होंने कोई कविता नहीं लिखी। और अब भी जब सालगिरह की किसी दावत में उनसे अपनी कविता सुनाने के लिए कहा जाता है, तो उनका सिर दुखने लगता है।

पापा ने डाक्टर को काटा

पापा जब छोटे थे, तो उन्हें आए दिन ज़ुकाम हो जाया करता था। वह छींकते और खांसते। कभी गला दुखने लगता, तो कभी कानों में दर्द होता। एक दिन उनके माता-पिता उन्हें डाक्टर को दिखाने के लिए ले ही गये। उसके कमरे के दरवाज़े पर एक बोर्ड लगा हुआ था, जिस पर लिखा था :

"कान, नाक और गला।" - "यह क्या डाक्टर साहब का नाम है ?" पापा ने पूछा।

"न, जिन चीज़ों का वह इलाज करते हैं, ये उनके नाम हैं। अच्छा, अब चुप रहो!"

डाक्टर साहब ने पापा के कान, नाक और गले का अच्छी तरह मुआयना करने के बाद कहा कि उनका आपरेशन करना होगा।

इसलिए पापा को मास्को ले जाया गया। उनके गले की गिल्टियां जानी थीं।

एक बहुत ही बूढे , बहुत ही सख्त और बहुत ही सफेद बालों वाले डाक्टर ने कहा :

"अपना मुंह खो लो!"

जब पापा ने अपना मुंह खोला, तो बूढ़े ने अपने मुंह से धन्यवाद तक नहीं कहा। उसने बस अपना हाथ भीतर ठूस दिया और मुंह के अंदर कुछ खींचातानी करने लगा। इसमें बहुत ही तकलीफ़ हुई और बहुत बुरा लगा। इसीलिए जब डाक्टर ने कहा : "अहा ! ये रहीं !" और पहले से भी ज़्यादा ज़ोर से खींचा, तो वह अचानक चीख पड़ा और अपना हाथ पापा के मुंह से बाहर निकाल लिया। हर किसी ने देखा कि डाक्टर के अँगूठे से खून निकल रहा है। डाक्टर के कमरे में सन्नाटा छा गया। फिर डाक्टर ने कहा :

"आयडीन!"

उसे आयडीन दे दिया गया। उसने थोड़ा-सा आयडीन अपने अँगूठे पर लगाया और फिर बोला :

"पट्टी !"

उसे पट्टी दे दी गई और उसने अपने दूसरे हाथ से उसे अपने अँगूठे पर बांध लिया। - इसके बाद डाक्टर ने बहुत ही नीची आवाज़ में कहा :

"मैं चालीस साल से इलाज कर रहा हूं, लेकिन यह पहला मौक़ा है कि किसी ने मुझे काटा है। आप किसी और से आपरेशन करवाइये। मैं बाज़ आया। मैंने तो इससे अपने हाथ धोये !"

इसके बाद उसने सचमुच साबुन और पानी से अपने हाथ धोये और चला गया। दादा बेहद नाराज़ हुए। उन्होंने कहा :

"हम तुम्हें मास्को खास तौर से इसी डाक्टर को दिखाने के लिए लाये थे। वह तुम्हें अच्छा करना चाहता था। और तुमने क्या किया?

अब मैं तुम्हें बताना चाहता हूँ कि इस कमरे के पास ही दाँतों के डाक्टर का कमरा है। जो बच्चे डॉक्टरों को काटते हैं, उनके वहां दाँत उखाड़ दिये जाते हैं। तो तुम्हारी शुरुआत वहीं से की जाए? और मैंने

तो आपरेशन के बाद तुम्हें आइसक्रीम दिलवाने का वायदा किया था!"

जब पापा ने आइसक्रीम का नाम सुना, तो वह सोच में पड़ गये, क्योंकि उन्हें आइसक्रीम कभी नहीं खाने दी जाती थी। दादा और दादी को डर था कि इससे उनके कान, नाक और गले की हालत और भी खराब हो जाएगी। लेकिन पापा को आइसक्रीम पसंद थी। लोग कहते थे कि इस तरह के आपरेशनों के बाद बच्चों को आइसक्रीम दी ही जानी चाहिए, क्योंकि इससे खून का बहना रुक जाता है। उन दिनों लोग यही किया करते थे। इसलिए, आइसक्रीम की ही सोचते हुए पापा ने कहा :

"मैं अब नहीं काटूँगा ..."

इस पर भी आपरेशन करनेवाले नौजवान डाक्टर ने पापा को चेतावनी दी:

"याद रखना, तुमने वायदा किया है !" पापा ने फिर कहा : "मैं नहीं काटूँगा ..."

उन लोगों ने पापा को एक खास कुर्सी पर बिठा दिया और उनके हाथ-पैर पकड़ लिये। इसकी वजह यह नहीं थी कि वह किसी को काट लेते। लोग हमेशा ही ऐसा किया करते थे, जिससे बच्चे डाक्टर के काम में बाधा न डाल पायें। यह सब काफी तकलीफ़देह था, मगर पापा लगातार आइसक्रीम के बारे में ही सोचते रहे। तभी डाक्टर ने कहा :

"लो, खत्म हो गया! शाबाश! तुम तो रोंये तक नहीं !"पापा बहुत खुश हुए। तभी अचानक डाक्टर बोला :

"अरे, ज़रा-सा टुकड़ा तो रह ही गया! क्यों, तुम सैकंड भर और सह सकते हो?"

ठीक है, "पापा बोले, और फिर आइसक्रीम के बारे में सोचने लगे।

"लो, अब सचमुच खत्म हो गया!" डाक्टर ने कहा।" तुम बड़े अच्छे लड़के हो! अब तुम्हें कुछ आइसक्रीम मिल सकती है। तुम्हें कौन सी पसंद है?"

"वनीला," पापा ने कहा और दादा की तरफ देखा। मगर दादा अभी भी उनसे बहुत नाराज़ थे।

"तुम्हें आइसक्रीम-वाइसक्रीम कुछ भी नहीं मिलेगी। इससे अगली बार तुम काटोगे तो नहीं।"

और अब जब पापा ने देखा कि उन्हें आइसक्रीम नहीं मिलेगी, तो वह रोने लगे। हर किसी को उन पर बहुत तरस आया, मगर दादा अपनी बात पर अड़े रहे। और पापा को यह बात इतनी अनुचित लगी कि वह उन्हें आज भी याद है। तब से पापा न मालूम कितनी आइसक्रीम खा चुके हैं - वनीला, चॉकलेट, स्ट्रॉ बेरी, सभी तरह की- लेकिन वह उस आइसक्रीम की बात नहीं भूल पाते, आपरेशन के बाद जिसे खिलाने का उनसे वायदा किया गया था।

आपरेशन के बाद पापा का पहले की तरह बार-बार बीमार पड़ना बंद हो गया। उनकी छींके कम हो गईं और खांसी कम हो गई और उनके गले और कान की तकलीफ़ भी कम हो गई।

आपरेशन से पापा को बहुत फायदा हुआ। वह समझ गये कि कभी कभी बाद में अच्छा महसूस करने के लिए कुछ तकलीफ़ भी सहनी पड़ती है। और इसके बाद अगरचे कई डॉक्टरों ने उन्हें इंजेक्शन लगाये और उनकी चीरफाड़ की, उन्होंने कभी किसी को भी नहीं काटा , क्योंकि पापा समझ गये कि वे सभी उनकी मदद करने की ही कोशिश कर रहे हैं। हर बार डाक्टर के पास जाने के बाद पापा कुछ आइसक्रीम खरीदा करते थे, क्योंकि आज भी पापा को आइसक्रीम बहुत पसंद है।

पापा ने पेशे का चुनाव किया

पापा जब छोटे थे, तो उनसे अक्सर पूछा जाता था : "बड़े होकर तुम क्या बनना चाहते हो? " पापा के पास जवाब हमेशा तैयार होता। मगर उनका जवाब हर बार अलग-अलग होता था। शुरू-शुरू में पापा चौकीदार बनना चाहते थे। उन्हें यह सोचना बहुत अच्छा लगता था कि जब सारा शहर सोता होता है, चौकीदार जागता है। और उन्हें यह सोचना अच्छा लगता था कि जब हर कोई सोया हुआ हो, वह शोर मचा सकते हैं। उन्हें पक्का यकीन था कि बड़े होकर वह चौकीदार ही बनेंगे। लेकिन तभी अपने चटकदार हरे ठेले को लिये आइसक्रीम वाला आ गया। भई वाह, वह ठेले को भी लिये-लिये घूम सकते हैं और जितना मन चाहे, उतनी आइसक्रीम भी खा सकते हैं!

"मैं एक आइसक्रीम बेचूँगा, तो एक खुद खाऊँगा," पापा ने

सोचा।" और छोटे बच्चों को तो मैं मुफ्त आइसक्रीम दिया करूँगा।"

जब पापा के माता-पिता ने यह सुना कि वह आइसक्रीम बेचने वाला बनना चाहते हैं, तो उन्हें बहुत हैरानी हुई। उन्हें यह बात बहुत मज़ेदार लगी और वे खूब हंसे। लेकिन पापा का ख्याल था कि यह बड़े होने का बहुत मज़ेदार तरीका है और वह इसी बात पर अड़े रहे कि यही पेशा चुनेंगे। फिर एक दिन रेलवे स्टेशन पर पापा ने एक अजीब आदमी को देखा। यह आदमी इंजनों और डिब्बों से खेल रहा था। लेकिन ये डिब्बे और इंजन खिलौने नहीं, बल्कि असली थे, असली ! कभी वह प्लेटफॉर्म पर उछलकर आ जाता , तो कभी डिब्बों के नीचे चला जाता। वह कोई बहुत ही अजीब और मज़ेदार खेल खेल रहा था।

"यह कौन है?" पापा ने पूछा।

"यह शंटिंग करनेवाला है," उन्हें बताया गया।

बस पापा को पता चल गया कि वह क्या बनेंगे! बस सोचो तो! वह तो रेलगाड़ी के डिब्बों की शंटिंग करेंगे ! इससे भी ज्यादा दिलचस्प और क्या हो सकता है ? ज़ाहिर है कि कुछ भी नहीं। जब पापा ने कहा कि वह शंटिंग करनेवाला बनेंगे, तो किसी ने उनसे पूछा : -

"मगर आइसक्रीम बेचने का क्या होगा?" ।

यह सचमुच समस्या थी। पापा ने शंटिंग करनेवाला बनने की सोच ली थी, मगर आइसक्रीम बेचने का चटकदार हरा ठेला भी वह नहीं गँवाना चाहते थे। आखिर उन्होंने रास्ता निकाल लिया।

"मैं शंटिंग करनेवाला और आइसक्रीम बेचने वाला, दोनों बनूँगा!"

हर किसी को अचंभा हुआ। मगर पापा ने सारी बात को बड़ी अच्छी तरह साफ कर दिया :

"इसमें क्या मुश्किल है! आइसक्रीम मैं सुबह बेचा करूँगा। कुछ देर आइसक्रीम बेचने के बाद मैं स्टेशन चला जाया करूँगा। वहां मैं कुछ डिब्बों की शंटिंग करूँगा और फिर जाकर कुछ आइसक्रीम और बेच आऊँगा। इसके बाद मैं फिर स्टेशन चला जाऊँगा और कुछ डिब्बों की शंटिंग कर लूँगा और इसके बाद जाकर कुछ आइसक्रीम और बेच लूँगा। इसमें ज़्यादा मुश्किल नहीं होगी , क्योंकि अपना ठेला

मैं स्टेशन के पास ही खड़ा करूँगा और इसलिए गाड़ियों के लिए मुझे ज़्यादा दूर नहीं जाना पड़ेगा।"

हर कोई फिर हंस पड़ा। पापा गुस्से में आकर बोले :

"अगर तुम मेरी हंसी उड़ाओगे, तो मैं साथ में चौकीदार भी बन जाऊँगा। आखिर रात में करने को कुछ होता भी क्या है!"

सभी कुछ तय हो गया। लेकिन फिर पापा को वायु यान-चालक बनने की सूझी। इसके बाद उन्होंने अभिनेता बनने की सोची। लेकिन दादा एक बार उन्हें कोई कारखाना दिखाने ले गये , तो उन्होंने टर्नर बनने की ठान ली। इसके अलावा वह जहाजी भी बनना चाहते थे। या कम से कम वह चरवाहा बनकर लाठी हिलाते हुए गायों के पीछे घूमते रहने में अपने दिन बिताना तो चाहते ही थे। आखिर उन्होंने तय किया कि वह असल में जो बनना चाहते हैं, वह है कुत्ता। उस दिन वह दिन भर चारों हाथ-पैरों पर इधर-उधर भागते हुए अजनबियों पर भौंकते रहे। एक बूढ़ी महिला ने उनके सिर को सहलाना चाहा, तो पापा ने उन्हें काटने की कोशिश तक की। पापा ने भौंकना तो बड़ी अच्छी तरह से सीख लिया , लेकिन बहुत कोशिश करने पर भी वह अपने पैर से कान के पीछे खुजाना नहीं सीख पाये। उन्होंने सोचा कि अगर वह बाहर जाकर अपने पालतू कुत्ते के साथ बैठ जायें, तो शायद वह कान के पीछे खुजाना ज़्यादा जल्दी सीख जायेंगे। और यही असल में उन्होंने किया भी। उसी वक्त एक अजनबी फौजी अफसर उधर से गुज़रा। वह खड़ा होकर पापा को देखने लगा। वह उन्हें कुछ देर तक देखता रहा और फिर उसने पूछा :

- "क्या कर रहे हो तुम?"

"मैं कुत्ता बनना चाहता हूँ," पापा ने जवाब दिया।

तब उस अजनबी ने कहा : "क्या तुम आदमी नहीं बनना चाहते ?"
"आदमी मैं काफी दिन रह चुका!" पापा ने कहा।

"अगर तुम कुत्ते भी नहीं बन सकते तो तुम कैसे आदमी हो? क्या आदमी ऐसा ही होता है?"

"अच्छा, फिर वह कैसा होता है?" पापा ने पूछा।

"इसके बारे में तुम अपने आप सोचो!" अफसर ने कहा और वहां

से चला गया। वह न तो हंसा और न मुस्कराया। लकिन पापा को अचानक अपने पर बड़ी शर्म आई। और वह सोचने लगे। वह सोचते ही रहे, और जितना ही उन्होंने सोचा, उन्हें अपने पर उतनी ही शर्म आई। अफसर ने उन्हें कोई बात भी नहीं समझायी थी, पर अचानक ही यह बात पापा की समझ में आ गई कि वह रोज़-रोज़ अपना इरादा नहीं बदल सकते। और सबसे बड़ी बात यह थी कि वह समझ गये कि वह इतने छोटे हैं कि इस बात को नहीं जान सकते कि वह क्या बनें। अगली बार जब उनसे यही सवाल पूछा गया , तो उन्हें अफसर की बात याद आ गई , और उन्होंने कहा :

"मैं आदमी बनना चाहता हूँ!"

इस पर कोई भी नहीं हंसा और पापा समझ गये कि यही सबसे अच्छा जवाब है। आज भी वह यही समझते हैं। पहली बात तो यही है कि हमें अच्छा आदमी बनना चाहिए। वायु यान-चालक, चरवाहा और आइसक्रीम बेचने वाला- हर किसी के लिए यही बात सबसे महत्त्वपूर्ण है। और आदमी को यह जानने की सचमुच ज़रूरत नहीं कि अपने पैर से अपने कान के पीछे कैसे खुजाया जाये।

पापा ने संगीत सीखा

पापा जब छोटे थे, तो उनके माता-पिता उन्हें तरह-तरह के खिलौने खरीदकर देते थे – गेंद , लोटो, लूडो, मोटर - सभी कुछ। और फिर ' अचानक उन्होंने एक पिआनो खरीदा। लेकिन यह कोई खिलौना नहीं था। यह सचमुच का बड़ा सुंदर पिआनो था। उसका ढक्कन चटकदार काले रंग का था। वह इतना बड़ा था कि आधे कमरे को घेर लेता था।

पापा ने दादा से पूछा :

“तुम्हें पिआनो बजाना आता है?”

“न, नहीं,” दादा बोले। पापा ने दादी से पूछा:

“तुम्हें पिआनो बजाना आता है?”

"न," दादी ने कहा।

"तो पिआनो बजाएगा कौन?" पापा ने पूछा।

दादा और दादी ने एक आवाज़ में कहा :

"तुम!"

"मगर मुझे भी तो नहीं आता।"

"तुम्हें सिखाया जायेगा," दादा ने कहा। दादी ने बात को पूरा किया:

"तुम्हें सिखाने के लिए एक मास्टरनीजी आएँगी, उनका नाम नदेज्दा फ्योदोरोव्ना है।" .... अचानक पापा ने महसूस किया कि उन्हें एक अद्‌भुत उपहार दिया गया है। घर पर आज तक कोई मास्टर नहीं आया था। पापा ने अपने सभी नये खिलौनों के साथ खेलना अपने-आप सीखा था।

फिर संगीत-शिक्षिका आईं। वह हल्की आवाज़ में बोलने वाली बुजुर्ग महिला थीं। उन्होंने पापा को पिआनो बजाकर सुनाया। फिर उन्होंने पापा को स्वर सिखाना शुरू किया। स्वर कुल सात थे-स, रे, ग, म, प, ध , नी। पापा ने उन्हें बड़ी जल्दी सीख लिया, क्योंकि उन्होंने अपनी वर्ण माला की किताब में वर्गों के चित्रों की तरह स्वरों के भी चित्र बना लिये थे। उन्होंने कहा : " 'स' से सवार," और सवार का चित्र बना लिया। "'रे' से रेलगाड़ी ," और उन्होंने रेलगाड़ी बना दी। 'ग' के लिए उन्होंने गमला , 'म' के लिए मटका , 'प' के लिए पतंग , 'ध' के लिए धनुष और 'नी' के लिए नीकर की तस्वीरें बना लीं। पापा बहुत खुश थे। मगर जल्दी ही उन्होंने अनुभव किया कि पिआनो बजाना सीखना इतना आसान नहीं है। एक ही चीज़ को बार-बार बजाने से वह ऊब गये। फिर पढ़ना, खेलना या कुछ भी न करना कहीं ज्यादा मजेदार लगता था। कोई दो हफ्ते के भीतर पापा संगीत की शिक्षा से इतने ऊब गये और तंग आ गये कि पिआनो देखना भी उन्हें न सुहाता। नदेज्दा फ्योदोरोव्ना , जो आरंभ में पापा से बहुत खुश थीं , अब दुख से अपना सिर हिलाने लगी।

"तुम्हें सीखना अच्छा नहीं लगता?" उन्होंने पापा से पूछा।

"न," पापा ने कहा। हर बार जब वह यह कहते, तो वह सोचते थे कि नदेज्दा फ्योदोरोव्ना नाराज़ हो जाएँगी और उन्हें सिखाना बंद कर

देंगी। मगर उन्होंने ऐसा नहीं किया।

दादा और दादी ने पापा को डांटा।

"देखो, हमने तुम्हारे लिए कैसा सुंदर पिआनो खरीदा है," उन्होंने कहा। "तुम्हें सिखाने के लिए मास्टरनी आती है ... तुम सीखना नहीं चाहते? शर्म आनी चाहिए तुम्हें !"

और दादा बोले :

"अब यह संगीत नहीं सीखना चाहता। इसके बाद यह स्कूल न जाना चाहेगा। फिर यह कहेगा कि काम करने में कुछ नहीं रखा है। इस जैसे काहिल छोकरों को बचपन में ही यह सिखाना चाहिए कि काम कैसे किया जाता है। तुम्हें पिआनो बजाना सीखना ही होगा!

दादी ने कहा :

"अगर मुझे बचपन में संगीत सिखाया गया होता, तो मैं तो उलटे अहसान मानती।"

"जी, बहुत शुक्रिया!" पापा ने कहा, "मगर मुझे नहीं सीखना संगीत!"

अगले दिन जब नदेज्दा फ्योदोरोव्ना घर आईं , तो पापा गायब हो गये। सारे घर में और बाहर गली में उनकी तलाश की गई, मगर वह कहीं भी नहीं मिले। जैसे ही संगीत की शिक्षा का समय खत्म होने को आया, पापा पलंग के नीचे से निकल आये और बोले :

"नमस्ते, नदेज्दा फ्योदोरोव्ना!" इस पर दादा ने कहा: "इस बार तुम पछताओगे!"

और दादी ने अपनी बात जोड़ी : "जब तुम इससे निपट लोगे, तो मैं इसे अलग सज़ा दूँगी।"

इस पर पापा बोले : "अगर मुझे संगीत न सीखना पड़े, तो मुझे इस बात की कोई परवाह नहीं कि तुम क्या करोगे !" और इसके बाद वह रोने लगे। आखिर , वह अभी भी बहुत छोटे थे। उन्हें संगीत सीखने से बहुत चिढ़ थी इसलिए संगीत-शिक्षिका ने कहा :

"संगीत से लोगों को आनंद मिलना चाहिए। मेरा कोई भी शिष्य मुझसे बचने के लिए पलंग के नीचे नहीं छिपता। अगर कोई बच्चा घंटे

भर पलंग के नीचे पड़ा रहना पसंद करता है, तो इसका मतलब है कि वह संगीत नहीं सीखना चाहता। और अगर ऐसी ही बात है, तो उस पर ज़बरदस्ती करने का कोई फायदा नहीं। बड़ा होने पर वह शायद इसके लिए पछताये। मैं इससे विदा ले लूंगी और उन बच्चों के पास चली जाऊँगी, जो मुझसे बचकर पलंगों के नीचे नहीं जा छिपते।" ।

इस तरह वह चली गईं और फिर कभी नहीं आयी। फिर भी, दादा ने तो पापा को सज़ा दी ही। और जब पापा उनसे छूटकर आये, तो दादी ने भी उन्हें सज़ा दी। इसके बाद अरसे तक जब भी पापा पिआनो के पास से गुज़रते , तो उनके चेहरे का रंग बदल जाता था।

जब पापा बड़े हुए, तो उन्हें पता चला कि उन्हें संगीत की ज़रा भी समझ नहीं है। अभी भी वह किसी भी गाने को ठीक से नहीं गा सकते। और बढ़िया पिआनो बजाना तो वह , बेशक , कभी भी नहीं सीख सकते थे।

खैर , बात शायद यही हो कि सभी बच्चों के लिए पिआनो बजाना सीखना ज़रूरी नहीं है।

पापा ने फर्श पर रोटी फेंकी

पापा जब बच्चे थे, तो स्वादिष्ट चीजों पर जान देते थे। उन्हें सोसेज अच्छी लगती थी। उन्हें पनीर अच्छा लगता था। उन्हें कबाब और कोफ्ते बहुत अच्छे लगते थे। मगर उन्हें डबल रोटी अच्छी नहीं लगती थी, क्योंकि उनसे हर वक्त कहा जाता था : "और साथ में रोटी भी तो खाओ!" लेकिन रोटी स्वादिष्ट नहीं थी। रोटी खाने में कोई मज़ा न था। नन्हे पापा सोचते थे कि यह बेवकूफी है। और खाने खाने के समय वह मुश्किल से ही रोटी खाते थे। वह रोटी की नन्ही-नन्ही गोलियां बना लेते थे। वह उसकी पपड़ियां छोड़ दिया करते थे। रोटी की अपनी स्लाइस वह मेज़पोश के नीचे छिपा दिया करते थे। वह कह दिया करते थे कि रोटी मैं खा चुका हूँ । मगर यह बात सच नहीं होती थी। उन्होंने तय कर लिया कि बड़े हो जायेंगे , तो वह कभी रोटी

नहीं खायेंगे और न ही वह अपने बच्चों को भी रोटी खाने के लिए मजबूर करेंगे। "जब मुझे रोटी नहीं खानी पड़ेगी, तब कितना बढ़िया रहेगा !" पगले पापा सोचा करते। "मैं कहूँगा : आज नाश्ते में क्या है ? पनीर ? अच्छा हम पनीर ही खायेंगे , रोटी के बिना ! और सोसेज भी रोटी के बिना ! सूप या गोश्त के साथ भी रोटी नहीं होगी। यह जानते हए सोना कितना अच्छा लगेगा कि अगले दिन भी रोटी नहीं खानी पड़ेगी!" पापा जब बच्चे थे, तो वह यही सोचा करते थे और वह इतने बेसब्र थे कि बड़े होने तक ठहर भी नहीं सकते थे।

दादा, दादी और कई और लोगों ने उन्हें बताया कि वह गलती पर हैं। वे कहते थे कि अगर कोई आदमी रोटी नहीं खाएगा, तो वह बीमार पड़ जायेगा। वे कहते थे कि अगर तुमने रोटी नहीं खाई , तो तुम्हें सज़ा दी जाएगी। लेकिन पापा किसी की सुनते ही नहीं थे।

एक बार एक भयानक बात हो गई। पापा की एक बहुत बूढ़ी आया थी। वह पापा को बहुत प्यार करती थी, लेकिन जब वह खाने की मेज़ पर नाक-भौं चढ़ाया करते थे, तो वह बहुत नाराज़ हो जाया करती थी। एक दिन दादा-दादी बाहर गये हुए थे। पापा खाना अकेले खा रहे थे। हमेशा की तरह वह रोटी खाना नहीं चाह रहे थे। आया ने कहा : ..

"अपनी रोटी फ़ौरन खा लो, वरना मैं तुम्हें और कुछ नहीं दूँगी! "

पापा बोले : " मुझे नहीं लेनी रोटी ! "

"लेनी पड़ेगी!" आया बोली।

"न, नहीं लूँगा!" पापा ने कहा। और पापा ने अपनी रोटी को फर्श पर फेंक दिया। आया को इस बात पर इतना गुस्सा आया कि वह मुंह से एक शब्द भी न बोल पाई। यह तो उसके डांटने से भी ज्यादा खराब था। वह खामोशी के साथ पापा की तरफ देखती रही।

आखिर वह बोली : "क्या तुम सोचते हो कि तुमने बस रोटी का एक टुकड़ा ही फर्श पर फेंका है ? मैं तुम्हें बताती हूं कि तुमने क्या फेंका है। जब मैं छोटी थी, तो मुझे बस रोटी का एक टुकड़ा पाने के लिए सारे दिन बत्तखों की देखभाल करनी पड़ती थी। एक बार सर्दियों में ऐसा हुआ कि हमारे घर ज़रा भी अनाज न रहा और मेरा भाई , जो तुम्हारे बराबर ही था, भूख के मारे मर गया। अगर उसे किसी

ने रोटी का एक टुकड़ा दे दिया होता, तो वह नहीं मरता। तुम्हें लोग पढ़ना-लिखना तो सिखाते हैं, मगर यह नहीं सिखाते कि रोटी कहां से आती है। लोग अनाज पैदा करने और रोटी बनाने के लिए कमर तोड़ काम करते हैं, और उसे तुम फर्श पर फेंक देते हो। शर्म आनी चाहिए तुम्हें! "

पापा सोने चले गये। मगर उन्हें नींद अच्छी तरह नहीं आई। रात भर उन्हें डरावने सपने दिखाई देते रहे। पापा जब सुबह उठे, तो उन्हें बताया गया कि तुम्हें सजा दी जा रही है और दिन भर तुम्हें रोटी नहीं मिलेगी। पापा को अक्सर खाने के बाद मिलने वाली मिठाई नहीं दी जाती थी। कभी-कभी उन्हें रात का खाना खाये बिना भी सो जाना पड़ता था। लेकिन यह उनकी जिंदगी में पहला दिन था जब उन्हें रोटी नहीं खाने दी जा रही थी। यह सब आया की ही सूझ थी और यह विचार बहुत ही बढ़िया था। पापा ने नाश्ते में रोटी के बिना पनीर की एक फांक खाई। यह बहुत ही स्वादिष्ट थी , और उसे खाने में मिनट भर ही लगा। लेकिन नाश्ता कर लेने के बाद भी वह भूखे ही थे, क्योंकि उन्होंने रोटी नहीं खाई थी। दोपहर के खाने तक इंतजार करना पापा के लिए मुश्किल हो गया। लेकिन तब भी रोटी के बिना कोफ्ते से पेट पूरी तरह नहीं भरा। दिन भर वह रोटी के मारे भूखे रहे। रात के खाने में उन्हें ऑमलेट मिला। रोटी के बिना वह बहुत ही बुरा लगा।

हर किसी ने पापा की हंसी उड़ाई। सभी ने कहा कि उन्हें साल भर ज़रा भी रोटी नहीं मिलेगी। लेकिन अगली सुबह उन्हें रोटी की एक स्लाइस दे दी गई। वह बहुत ही स्वादिष्ट लगी। किसी ने भी कोई भी शब्द नहीं कहा , मगर हर किसी ने पापा को उसे खाते देखा। पापा को बहुत शर्म आई। तभी से वह सदा अपनी रोटी खा लेते हैं। और उन्होंने फिर कभी रोटी को फर्श पर नहीं फेंका।

पापा जब बुरा मान जाते थे

पापा जब छोटे थे, तो वह हमेशा कुछ न कुछ बुरा ही मानते रहते थे। वह हर किसी से नाराज़ थे |अकेले-अकेले भी और इकट्ठे भी। अगर कोई कहता, "तुम इतना कम क्यों खाते हो?" तो वह बुरा मान जाते। और अगर कोई कहता, "तुम अपने पेट को इस तरह क्यों ठूस रहे हो?" तो भी वह बुरा मान जाते थे।

वह दादी से नाराज़ थे, क्योंकि वह उनसे कुछ कहना चाहते थे और वह किसी काम में लगी हुई थीं और उन्हें पापा की बात सुनने की फ़ुरसत नहीं थी। वह दादा से नाराज़ थे, क्योंकि दादा उनसे कुछ कहना चाहते थे और अब पापा को सुनने की फुरसत नहीं थी। जब पापा के माता-पिता किसी के घर या थियेटर जाते, तो पापा नाराज़ हो जाते थे और रोने लगते थे। वह चाहते थे कि उनके माता-पिता सदा

घर पर उन्हीं के साथ रहा करें। लेकिन जब पापा सर्कस जाना चाहते, तो वह और भी ज़ोर से रोते। इसलिए कि उनके साथ जानेवाला कोई नहीं होता था। पापा के भाई , वीत्या चाचा तब बहुत ही नन्हे-मुन्ने थे। उनसे पापा इसलिए नाराज़ हो जाते थे कि वह पापा से बात करना नहीं चाहते थे। वीत्या चाचा उनकी तरफ देखकर मुस्कराते थे और अपने पैर का अंगूठा चूसते थे। वह इतने छोटे थे कि बस "दा-दा" ही कह सकते थे, लेकिन पापा फिर भी नाराज़ ही थे। अगर उनकी चाची घर आती, तो पापा उनसे नाराज़ रहते। अगर उनके चाचा घर आते , तो पापा उनसे नाराज़ रहते। अगर उनके चाचा-चाची एक साथ आते, तो वह उन दोनों से नाराज़ रहते। कभी-कभी वह सोचते कि उनकी चाची उनकी हंसी उड़ा रही हैं। कभी-कभी वह सोचते कि उनके चाचा उनसे बात करना नहीं चाहते। पापा और-और कारण भी सोच लिया करते थे। पता नहीं क्यों पापा का खयाल था कि सारी दुनिया में वही सबसे महत्वपूर्ण आदमी हैं।

अगर वह कुछ कहना चाहते, तो हर किसी को खामोश होना पड़ता था। अगर वह बात न करना चाहते, तो हर किसी के लिए बोलना मना था।

अगर वह बिल्ली की बोली बोलना, भौंकना, खुरखुराना, कांवकांव करना या रंभाना चाहते, तो हर किसी को अपना काम बंद करके पापा की अजीब आवाज़ों को सुनना पड़ता था। पापा कभी यह नहीं सोचते थे कि दूसरे लोग भी बिलकुल उन्हीं जैसे हैं। अगर कोई उनसे बहस करता या झगड़ देता, तो पापा बेहद नाराज़ हो जाते। यह बड़ा ही बुरा लगने वाला होता था। पापा मुंह लटकाते, भौंहें चढ़ाते और गुस्से में भरकर चले जाते।

वह हमेशा ही किसी न किसी से नाराज़ होते, झगड़ा करते या बुरा मानते रहते थे। सुबह से शाम तक उन्हें शांत और खुश कराना पड़ता था। सुबह आँखें खोलते ही वह इसलिए गुस्से में आ जाते कि धूप ने उन्हें जगा दिया था, और रात को सोने के बाद वह नींद में भी मुंह लटकाये रहते थे और तब भी किसी न किसी पर नाराज़ रहते थे। पापा जब और बच्चों के साथ खेलते , तब तो और भी बुरा होता था। वह चाहते थे कि हर कोई वे खेल ही खेले , जो उन्हें पसंद थे। वह कुछ बच्चों के साथ खेलना चाहते थे, तो कुछ के साथ नहीं। बहस

हो जाने पर वह सदा अपनी बात को ही सही मनवाना चाहते थे। वह हर किसी की हंसी उड़ा सकते थे, मगर और किसी को उनकी हंसी उड़ाने का हक़ नहीं था। कुछ समय बाद लोग इससे तंग आ गये। उन सबने पापा पर हंसना शुरू कर दिया। पापा के माता-पिता कहते :

"चाय पीना चाहते हो? मगर नाराज़ मत हो जाना !"

"घूमने चलते हो? मगर नाराज़ मत हो जाना !"

"क्या अभी भी तुम नाराज़ हो?"

"अच्छा, जल्दी से नाराज़ हो जाओ-हमारे पास खराब करने को वक्त नहीं है !"

यह सब सुनकर पापा नाराज़ हो जाते। सड़क पर लड़के उन्हें चिढ़ाते। वे कहते :

"रोने बच्चे, रोओ!" और पापा मुंह लटका देते।

"देखना, मैं अपनी उंगली नचाऊँगा, और यह उस पर भी नाराज़ हो जायेगा!" कोई लड़का कहता और अपनी उंगली नचा देता और पापा नाराज़ हो जाते।

फिर हर कोई हंसता। बच्चों को सचमुच मज़ा आता, क्योंकि पापा को चिढ़ाना इतना आसान था। उन्होंने चिढ़ाचिढ़ाकर उनकी जिंदगी खराब कर दी। आखिर एक लड़के को, जो पापा से बड़ा था, उन पर तरस आया और उसने कहा :

"तुम हर बात पर गुस्सा क्यों होते रहते हो? अगर तुम उन पर ध्यान न दो, तो वे तुम्हें चिढाना बंद कर देंगे।"

पापा ने उसकी बात मान ली। उन्होंने हर बात पर नाराज़ न होने की कोशिश की और लड़कों ने उन्हें छेड़ना बंद कर दिया। फिर भी वह हर वक्त नाराज़ रहने के इतने आदी हो चुके थे कि जब तक वह बड़े नहीं हो गये, इस बुरी आदत से सचमुच उनका पीछा नहीं छूटा। बल्कि तब भी नहीं। यह आदत स्कूल में और बाद में काम तक में उनके रास्ते में आई और इसकी वजह से उनके कई दोस्तों ने उनसे दोस्ती तोड़ ली। जो लोग पापा को तब से जानते हैं जब वह बच्चे थे, वे उन्हें अभी भी कभी-कभी चिढ़ाते हैं। लेकिन पापा अब कभी उन पर नाराज़ नहीं होते। शायद ही कभी ऐसा होता हो- कम से कम पहले से तो बहुत ही कम मौकों पर।

पापा ने गलती की

पापा जब बच्चे थे, तो उन्हें पीने को दूध, पानी, चाय और मछली का तेल दिया जाता था।

बढ़ते हुए बच्चों के लिए मछली के तेल को बहुत अच्छा समझा जाता था। मगर वह बेहद बदज़ायका था। पापा का खयाल था कि मछली के तेल से ज्यादा खराब चीज़ दुनिया भर में कोई नहीं है। मगर उनका खयाल गलत था।

एक बार गर्मियों में पापा घर के बाहर खेल रहे थे। दिन बेहद गरम था। पापा ने काफी दौड़-भाग की थी और वह बहुत प्यासे थे। वह लपककर घर गये। घर में सभी काम में लगे हुए थे। वे कचौड़ियां पका रहे थे और मेहमानों के लिए मेज़ पर खाने की चीज़ लगा रहे थे। इसलिए किसी की भी निगाह एक छोटी सी सुराही से गिलास में पानी

लेते पापा पर नहीं पड़ी। पापा को मालूम था कि इस सुराही में हमेशा उबालकर ठंडा किया हुआ पानी रहता है। उन्होंने आधे गिलास पानी को एक सांस में गटक लिया और फिर उनका दम अटक गया। उन्हें समझ में नहीं आया कि क्या हो गया है।

पापा को लगा कि जैसे उन्होंने जिंदा साही को ही निगल लिया है। फिर उन्होंने सोचा कि हो सकता है कि पानी ठीक हो, मगर खुद उन्हीं को कुछ हो गया हो। वह बेहद घबरा गये और उन्होंने सोच लिया कि वह मरनेवाले हैं। वह इतने ज़ोर से चीखे कि सभी दौड़ते हुए आ गये।

पापा सांस ले रहे थे और उनका दम घुट रहा था और मुंह में जैसे आग लगी हुई थी। उनकी हालत बहुत खराब हो रही थी और कोई नहीं समझ पा रहा था कि क्या हो गया है।

"हाय , इसकी तबियत खराब हो गई है !" दादी चिल्लाई। "यह झूठ मूठ ही ऐसा कर रहा है, बस !" दादा ने चिल्ला कर कहा।

तभी आया यह देखने के लिए आई कि क्या हो गया है। उसने फ़ौरन । समझ लिया कि बात क्या है।

"इसने वोदका*[1] पी है, वोदका! '' आया ने कहा। "इस सुराही में वोदका ही तो है ! "

इस पर हर कोई फिर चिल्लाने लगा। "डाक्टर को बुलाओ!" दादी चिल्लाई। "मैं इसकी चमड़ी उधेड़ दूँगा!" दादा चिल्लाये। "इसे कुछ खाने को दो ! "आया चिल्लाई।, पापा ने एक सैंडविच को चबाते हुए बुदबुदाकर कहा :

"मेरे खयाल से वोदका भी ताकत देनेवाली ही तो होती है!"

अचानक पापा की तबियत और भी खराब होने लगी। वह फर्श पर बैठ गये। उन्हें चक्कर आने लगे।

फिर आगे पापा को कुछ याद नहीं कि उसके बाद क्या हुआ। मगर लोगों ने कहा कि वह दिन भर सोते रहे। शाम को उन्हें अपनी तबियत कुछ ठीक लगी। जब मेहमान लोग आये और वोदका पीने लगे, तो अपने पलंग पर पड़े-पड़े पापा उनकी तरफ देखने लगे। पापा को उन पर बड़ी दया आ रही थी। उन्हें मालूम था कि ज़रा

1 रूसी शराब, जो बहुत तेज होती है। - अनु०

ही देर में उनकी हालत कितनी खराब हो जाएगी। उन्होंने तो एक मेहमान से कह तक दिया, "इस भयानक चीज़ को मत पियो !"

अगले दिन सुबह पापा की तबियत बिल्कुल ठीक हो गई। लेकिन उस सुराही से उन्होंने फिर कभी कुछ नहीं पिया और आज भी जब वह वोदका को देखते हैं, तो उनका चेहरा ज़र्द हो जाता है।

पापा इस कहानी को अक्सर सुनाया करते हैं। और इसके बाद वह हमेशा कहते हैं :

"मैंने तो तभी से पीना छोड़ दिया!"

पापा ने लिखना सीखा

पापा जब बच्चे थे, तो उन्होंने पढ़ना बहुत जल्दी सीख लिया था। लोगों ने कहा , " यह 'अ' है, और यह 'आ' है ," और पापा ने इस तरह से सभी अक्षर सीख लिये। यह बहुत मज़ेदार था। उन्होंने किताबों को बाकायदा पढ़ना, न कि बस उनकी तस्वीरों को ही देखना शुरू कर दिया। लेकिन वह लिखना बिल्कुल भी नहीं सीखना चाहते थे। पापा कलम को ठीक से पकड़ना नहीं सीखना चाहते थे। लेकिन वह उसे गलत भी नहीं पकड़ना चाहते थे। वह असल में जो चाहते थे, वह था पढ़ना, न कि लिखना। पढ़ना बहुत मज़ेदार था, जबकि लिखना बेहद उबाऊ था।

लेकिन पापा के माता-पिता कहते थे:

"अगर तुम लिखोगे नहीं, तो तुम पढ़ोगे भी नहीं!"

और फिर वे कहते :

"चलो, लिखो अब ये अक्षर!"

सुबह से शाम तक , दिन भर पापा बस यही सुना करते। और हर दिन वह बेहद उकताहट के साथ अक्षर लिखा करते।

उनके अक्षर भयानक होते थे। वे टेढ़े-मेढ़े और ऊँचे-नीचे होते थे। पापा को खुद उन्हें देखते चिढ़ होती थी।

हाँ, अच्छे अक्षर वह सचमुच नहीं लिख पाते थे, मगर उनकी स्याही के धब्बे खूबसूरत थे। कोई पापा जैसे बड़े-बड़े और सुंदर धब्बे नहीं बना सकता था। सभी इस बात को मानते थे। लोग अगर कहीं धब्बे बनाकर ही लिखना सीखते , तो पापा का लेख दुनिया में सबसे अच्छा होता।

उनका एक भी अक्षर सीधा न होता था। हर पन्ना बड़े-बड़े खूबसूरत धब्बों से भरा होता था।

पापा को शर्मिंदा किया जाता और डांटा जाता। उनसे हर अक्षर को दो-दो तीन-तीन बार लिखवाया जाता। मगर वह जितना ज्यादा लिखते, लेख उतना ही बुरा दीखता और धब्बे उतने ही बड़े होते।।

वह इस बात को नहीं समझ पाते थे कि उन्हें सताया क्यों जा रहा है। आखिर शब्दों को पढ़ना बह जानते थे। अब वह शब्द लिखना चाहते थे एक-एक अक्षर नहीं। मगर लोग कहते थे कि अगर तुम अक्षर नहीं लिख सकते, तो एक भी शब्द नहीं लिख सकते। पापा उनकी बात पर विश्वास नहीं करते थे। आखिर जब वह स्कूल में भर्ती हुए, तो हर किसी को इस पर अचरज होता था कि वह पढ़ते कितना अच्छा हैं और लिखते कितना बुरा। उनका लेख पूरी क्लास में सबसे खराब था।

कई साल बीत गये। पापा बड़े हो गये। वह अब भी पढ़ना पसंद करते हैं और लिखने से नफरत करते हैं। उनका लेख इतना खराब है कि कई लोग समझते हैं कि वह जानकर खराब लिखते हैं।

कभी-कभी पापा को बहुत शर्मिंदा होना पड़ता है।

अभी एक दिन वह डाक खाने गये और डाक बाबू ने उनसे कहा :

"आपको लिखना नहीं आता?"

पापा को बहुत बुरा लगा।

"बेशक आता है!"

"अच्छा, यह अक्षर क्या है?" डाक बाबू ने पूछा।

"यह 'उ' है," पापा ने लगभग फुसफुसाते हुए कहा।

"'उ' है? ऐसा 'उ' कौन लिखता है ? "..

"मैं लिखता हूँ,' पापा बुदबुदाये।

और सभी हंस पड़े।

अब पापा की कितनी इच्छा होती है कि उनका लेख सुंदर और साफ हो, जिससे वह बिना धब्बों के लिख सकें! अब वह कितना पछताते हैं कि उन्होंने अक्षरों को लिखने का पर्याप्त अभ्यास नहीं किया ! लेकिन अब बहुत देर हो चुकी है। और कसूर पापा का ही है।

पापा ने वीत्या चाचा को अकेला छोड़ा

पापा जब बच्चे थे, तो उनके एक भाई थे, जो उनसे भी छोटे थे। उनके भाई का नाम अब वीत्या चाचा है। वीत्या चाचा इंजीनियर हैं और उनका एक बेटा है। बेटे का नाम भी वीत्या ही है।

लेकिन तब वीत्या चाचा बड़े नन्हे-मुन्ने ही थे। उन्होंने चलना अभी अभी सीखा था। कभी वह पैरों चलने के बजाय घुटनों चलना ही पसंद करते। कभी वह बस फर्श पर ही बैठे रहते। यही वजह थी कि उन्हें अकेला नहीं छोड़ा जा सकता था। वह अभी भी बहुत भी छोटे थे।

एक दिन पापा और वीत्या चाचा अहाते में खेल रहे थे। उन्हें कुछ मिनटों के लिए अकेला ही छोड़ दिया गया था। तभी उनकी गेंद लुढ़ककर सड़क पर चली गई। पापा उसके पीछे भागे। वीत्या चाचा पापा के पीछे घुटनों चल पड़े।

उनका घर पहाड़ी पर था। गेंद ढाल पर लुढ़कने लगी। पापा उसके पीछे लपके। वीत्या चाचा भी पापा के पीछे-पीछे लुढ़कने लगे।

पहाड़ी के नीचे एक सड़क थी। वहीं जाकर गेंद रुकी और आखिर वहीं पापा ने जाकर उसे पकड़ा और आखिर वहीं जाकर वीत्या चाचा ने भी पापा को पकड़ा।

गेंद ज़रा भी नहीं थकी थी, चाहे तीनों में वही सबसे छोटी थी। पापा कुछ थक गये थे। लेकिन वीत्या चाचा तो बस , बेदम हो गये थे, एकदम ! आखिर , उन्होंने चलना अभी-अभी ही तो सीखा था! इसलिए वह वहीं सड़क के बीचों-बीच बैठ गये।

दूर गर्द का एक बादल उठा , कई लोगों के गले से निकले गीत की आवाज़ आई और इसके बाद घोड़ों पर सवार कई लोग नज़र आये। वे सब दौड़ते हए सड़क पर आ रहे थे। यह बहुत पहले की, लड़ाई के फ़ौरन बाद की बात है।

पापा को मालूम था कि लड़ाई खत्म हो चुकी है, मगर फिर भी वह बहुत डर गये। उन्होंने गेंद को पटका , वीत्या चाचा को वहीं बीच सड़क में छोड़ा और सीधे घर की तरफ भागे। जहां तक वीत्या चाचा की बात है, वह वहीं सड़क पर बैठे गेंद से खेल रहे थे। उन्हें सिपाहियों या घोड़ों का डर नहीं था। उन्हें किसी भी चीज़ का डर नहीं था। आखिर वह अभी भी बहुत ही नन्हे-मुन्ने थे। घुड़सवार तब तक बहुत नज़दीक आ चुके थे। उनका नायक एक सफेद घोड़े पर सवार था।

"ठहरो! " वह चिल्लाया। वह अपने घोड़े से उतरा और उसने वीत्या चाचा को उठा लिया। उसने उन्हें हवा में उछाला, फिर लपक लिया और हंस पड़ा।

"कहो, क्या हाल है?" उसने पूछा। वीत्या चाचा किलककर हंसे और उसे अपनी गेंद देने लगे। इसी बीच दादी, दादा और पापा – सब के सब पहाड़ी पर से लपके आ रहे थे।

दादी चिल्ला रही थीं।

"मेरा मुन्ना कहां है?"

दादा चिल्ला रहे थे :

"चिल्लाओं मत! "

और पापा जोरों से सुबक रहे थे।

"यह रहा आपका बच्चा! बड़ा शानदार छोकरा है यह ! इसे घोड़ों तक का डर नहीं!"

नायक ने वीत्या चाचा को फिर हवा में उछाला और उन्हें दादी के हवाले कर दिया। गेंद उसने दादा को दे दी। फिर उसने पापा की तरफ देखा और कहा

"गरून हिरन से भी तेज भागा ..."

हर कोई हंस पड़ा। इसके बाद सिपाही चल दिये। दादा , दादी, पापा और वीत्या चाचा घर आये। दादा ने पापा से कहा :

"गरून हिरन से भी तेज़ भागा, क्योंकि वह डरपोक था। यह लेर्मोंतोव की एक कविता की पंक्ति है। शर्म आनी चाहिए तुम्हें!"

और पापा बहुत ज्यादा शर्मिंदा हुए।

जब वह बड़े हुए और उन्होंने लेर्मोंतोव की सभी कविताएं पढ़ीं, तो एक इस पंक्ति को पढ़ते समय उन्हें हमेशा शर्म आ जाती थी।

पापा लड़की के साथ खेले

पापा जब छोटे थे, तो उनकी एक सहेली थी, जिसका नाम माशा था। वह एक छोटी-सी लड़की थी और वे आपस में हमेशा बड़ी अच्छी तरह खेला करते थे। रेत के ढेर में वे बड़ा सुंदर सा घर बनाते। एक बड़े चौबच्चे में वे कागज़ की नावें चलाया करते। वे चौबच्चे में मछलियाँ पकड़ने भी जाते थे और इसमें उन्हें हमेशा ही बहुत मज़ा आता था , चाहे पकड़ते वे कुछ भी नहीं थे।

पापा को माशा के साथ खेलना बहुत अच्छा लगता था। वह उनसे कभी नहीं लड़ती थी , उन पर कभी पत्थर नहीं फेंकती थी और कभी उन्हें लंगड़ी देकर गिराती नहीं थी। अगर पापा की जान-पहचान के सभी लड़के माशा जैसे ही होते , तो उन्हें बड़ी खुशी होती। लेकिन वे एकदम अलग तरह के थे। और वे पापा को चिढ़ाते थे, क्योंकि वह

एक लड़की के साथ खेला करते थे। जब भी लड़के पापा को देखते , वे गाने लगते :

"साशा का है माशा से प्यार!

माशा का है साशा से प्यार ! "

और वे पूछते, " शादी कब है ? "

वे जान-बूझकर छोटे पापा के साथ लड़की की तरह बात करते थे: "तू आ गई है? कहां गई थी?"

उन सब का यही खयाल था कि किसी लड़के का लड़कियों के साथ खेलना बहुत बुरी बात है।

पापा को बहुत बुरा लगता। कभी-कभी तो वह रो तक पड़ते। मगर माशा बस हंस देती। वह कहती : "चिढ़ाने दो उनको, जितना वे चाहे !"

यही वजह थी कि माशा को चिढ़ाने में कोई मज़ा न था। इसलिए लड़के बस पापा को ही चिढ़ाया करते थे। माशा की तरफ वे ध्यान ही नहीं देते थे।

एक दिन एक बहुत बड़ा कुत्ता अहाते में आ गया। किसी ने चिल्ला कर कहा :

"यह कुत्ता पागल है!"

बहादुर से बहादुर लड़के भी डर के मारे भाग गये। पापा तो वहीं के वहीं जमे रह गये। कुत्ता उनके बहुत पास था। तभी माशा लपककर पापा के पास आई और अपनी नन्ही-सी बेलची कुत्ते पर चलाने लगी।

"चल, भाग यहां से!" वह चिल्लाई।

पागल कुत्ते ने अपनी दुम अपनी टांगों में दबाई और वहां से भाग खड़ा हुआ। और तब हर किसी ने महसूस किया कि कुत्ता पागल था ही नहीं। वह बस उनके अहाते में भूल से आ गया था। सभी कुत्तों को अपने और पराये अहाते का फर्क मालूम होता है और इसलिए डरावने से डरावना कुत्ता भी जब अनजाने अहाते में होता है, तो वह एकदम दब्बू बन जाता है ।

जब लड़कों ने देखा कि कुत्ता पागल नहीं है, तो वे उसके पीछे

लकड़ियां और पत्थर लेकर भागे। लेकिन इसके लिए ज़्यादा हिम्मत नहीं चाहिए थी। कुत्ता तक इस बात को समझता था। जैसे ही वह सड़क पर पहुंचा, वह मुड़ गया और गुर्राने लगा। लड़के फिर अपने अहाते में भाग आये और पापा को चिढ़ाने लगे :

"डरपोक बिल्ली कहीं का!" उन्होंने कहा। "तू तो ऐसा डर गया था कि तुझसे भागा भी नहीं गया।"

लेकिन पापा ने कहा :

"कोई मैं अकेला ही तो नहीं डरा था! डरे तो तुम भी थे। बस, अकेली माशा ही नहीं डरी थी।"

इस पर सभी लड़के बहुत शर्मिंदा हुए। उनके पास कोई जवाब न था। लेकिन माशा ने कहा :

"यह बात ठीक नहीं है। डरी तो मैं भी थी।"

और तब सभी हंस पड़े। और उन्होंने पापा को चिढ़ाना बंद कर दिया। पापा और माशा बड़े अच्छे मित्र बने रहे।

पापा ने अपनी ताकत आज़माई

पापा जब बच्चे थे, तब उनके कई दोस्त थे। वे रोज़ साथ-साथ खेला करते थे। कभी-कभी वे झगड़ पड़ते थे और हाथापाई तक कर बैठते थे। इसके बाद वे फिर मेल कर लेते थे। लेकिन एक लड़का ऐसा था , जो कभी नहीं लड़ता था। उसका नाम वोवा नज़ारोव था। वह एक ठिंगना और हट्टा-कट्टा लड़का था। उसके पिता फ़ौज में रिसाले में थे। वोवा को अपने पिता के मशहूर कमांडर, बुद्योन्नी के बारे में बातें करना बहुत पसंद था। वह और लड़कों को बताया करता था कि बुद्योन्नी कितने बहादुर हैं और सफेद गार्डों [1] के खिलाफ वह किस तरह लड़े थे। उन्हें जनरलों या कर्नलों , बंदूकों या तलवारों से कभी डर न लगता था। वोवा को बुद्योन्नी के घोड़े और तलवार के बारे

1 सफ़ेद गार्ड: समाजवादी क्रांति के बाद रूस में बहुत दनि तक गृहयुद्ध चला था। 'सफ़ेद गार्ड' क्रांतविरिोधी सेना का नाम था। - अनु०

में सभी बातें मालूम थीं। वह हमेशा यही कहा करता था :

"जब मैं बड़ा हो जाऊँगा, तो मैं बुद्योन्नी की तरह ही बनूँगा!"

पापा को वोवा के पास जाना अच्छा लगता था। वोवा के घर हमेशा बड़ा मंजर होता था। वोवा सदा काम में लगा होता था| उसे दुकान से रोटी लानी होती थी, चूल्हे के लिए लकड़ी काटनी होती थी, फर्श पर झाड़ लगानी होती थी और बर्तन साफ करने होते थे। पापा ने देखा कि घर में सभी वोवा को प्यार करते हैं। अक्सर वोवा के पिताजी उससे इस तरह बात किया करते थे, मानो वह कोई बड़ा आदमी हो :

"वोवा, रविवार को खाने के लिए किसे बुलाना है?" "तुम्हारे ख्याल से वसंत के लिए लकड़ी काफ़ी होगी, वोवा?" और वोवा को हमेशा मालूम होता था कि जवाब क्या देना चाहिए ।

अगर वोवा का कोई दोस्त घर आता , तो वे उसे बिठा कर कोई अच्छी चीज़ खिलाते। फिर सभी खेल खेला करते। पापा को सदा इस बात का दुख रहता था कि उनके घर वोवा के घर जैसा मज़ा नहीं आता। पापा और वोवा अच्छे दोस्त थे। मगर उनकी समझ में यह नहीं आता था कि वोवा कभी लड़ना क्यों नहीं चाहता। पापा ने उससे पूछा :

"तुझे लड़ने से डर लगता है क्या?" वोवा ने जवाब दिया: "अपने ही दल के खिलाफ लड़ने का क्या फायदा?"

एक बार लड़के यह बहस कर रहे थे कि सबसे मज़बूत कौन है। एक लड़के ने कहा :

"मैं अपने से बड़े लडकों से भी नहीं डरता। मैं तुम सब को पिल्लों की तरह उठाकर फेंक सकता हूँ । देखो ज़रा मेरी मांसपोशियां!" दूसरा लड़का बोला:

"मैं इतना ताकतवर हूँ कि मैं खुद इस पर विश्वास नहीं कर सकता। खासकर मेरा बायां हाथ:- वह तो फौलाद का बना है!" - तीसरा लड़का बोला:

"अगर तुम यह देखना चाहो कि सचमुच मैं कितना ताकतवर हूँ, तो तुम्हें मुझे गुस्से से भरना होगा। और तब तो मुझसे दूर रहने में ही खैर है, क्योंकि फिर अपने किये के लिए मैं ज़िम्मेदार नहीं।" ..

पापा बोले :

"तुमसे बहस करने में कोई तुक नहीं। मुझे पता है कि मैं तुम सबसे ज्यादा ताकतवर हूँ ।"वे शेखी बघारते रहे, मगर वोवा नज़ारोव ने एक शब्द भी नहीं कहा। तब एक लड़का बोला:

"मैं बताऊँ- चलो हो जाये कुश्ती! जो जीतेगा, वही सबसे ताकतवर होगा।"

लड़के तैयार हो गये। उन्होंने कुश्ती लड़ना शुरू कर दिया। हर कोई वोवा से लड़ना चाहता था। वह कभी भी नहीं लड़ता था और उन सभी का खयाल था कि वह कमज़ोर है।शुरू-शुरू में वोवा कुश्ती नहीं लड़ना चाहता था। लेकिन जब उसे उस लड़के ने दबोच लिया, जिसका बायां हाथ फौलाद का बना हुआ था , तो वोवा गुस्से में आ गया और उसने सैकंड भर में उसे ज़मीन पर पटक दिया। इसके बाद जिस लड़के ने सभी को पिल्लों की तरह चारों तरफ फेंक देने की धमकी दी थी, उसने अपने को ज़मीन पर चित्त पड़े पाया। इसके बाद वह लड़का आया , जो गुस्से में आने पर ताकतवर हो जाता था, वह यही चिल्लाता रहा कि "अभी मैं गुस्सा नहीं हुआ हूँ |" मगर वोवा तब तक उसे ज़मीन पर फेंक चुका था। इसके बाद वोवा ने पापा को भी चित्त कर दिया। लेकिन क्योंकि वे बहुत अच्छे दोस्त थे, इसलिए वोवा ने यही दिखाया कि पापा को पछाड़ना ही सबसे मुश्किल था।

"वोवा, तू ही तो सबसे ताकतवर है। तूने कभी कुछ क्यों नहीं कहा?" लड़कों ने पूछा।

वोवा हंस पड़ा और बोला :

"शेखी बघारने से क्या फायदा?"

लड़कों के पास कहने को कुछ न था। लेकिन तभी से उन्होंने अपनी ताकत के बारे में शेखी बघारना छोड़ दिया और पापा ने महसूस कर लिया कि सचमुच ताकतवर होने के लिए शेखी बघारना ज़रूरी नहीं है। अब उन्हें वोवा पहले से भी ज़्यादा अच्छा लगने लगा।

कई साल बीत गये। पापा बड़े हो गये हैं। वह दूसरे शहर में आ गये हैं और उन्हें पता नहीं कि वोवा कहां है। मगर उन्हें इस बात का यकीन है कि वह अच्छा आदमी बना होगा।

पापा स्कूल में भर्ती हुए

पापा जब बच्चे थे, तो वह हमेशा बीमार ही पड़े रहते थे। उनको खसरा हुआ, फिर कनपेड़ा, फिर काली खांसी। हर बीमारी के बाद पेचीदगियां खत्म हो जाती, तो पापा बीमार पड़ने को फिर तैयार हो जाते।

जब पापा के स्कूल में भर्ती होने का वक्त आया, तो हमेशा की तरह वह बीमार पड़ गये। आखिर जब वह अच्छे हुए और पहली बार स्कूल गये, तो उन्होंने पाया कि और सब बच्चे काफी समय से पढ़ रहे थे। वे सब एक-दूसरे को और मास्टरनीजी को भी जानते थे। लेकिन पापा को कोई भी नहीं जानता था। सभी उनको घूर-घूरकर देख रहे थे। यह बड़ा बुरा लगता था। खासकर इसलिए तो और भी ज़्यादा कि कुछ बच्चों ने पापा को जीभ दिखा कर चिढ़ाया था।

एक लड़के ने जानबूझकर उन्हें लंगड़ी दी। पापा गिर पड़े। मगर वह रोये नहीं। वह सीधे खड़े हो गये और उन्होंने उस लड़के को धक्का दे दिया। लड़का गिर पड़ा। फिर वह उठ खड़ा हुआ और उसने पापा को धक्का दे दिया। पापा फिर गिर पड़े। मगर वह इस बार भी नहीं रोये। उन्होंने लड़के को फिर धक्का दिया। वे शायद दिन भर ही एक-दूसरे को धक्का देते रहते, मगर तभी घंटी बज गई। बच्चे कक्षा में चले गये और अपनी अपनी जगह बैठ गये। पापा को नहीं मालूम था कि कहां बैठे। मास्टरनीजी ने उन्हें एक लड़की के बराबर बैठने को कहा। सभी हंसने लगे। वह लड़की तक हंस पड़ी , जिसके बराबर वह बैठे हुए थे।

पापा को रोना आ गया। तभी अचानक यह सब बड़ा मज़ेदार लगने लगा और वह हंस पड़े। इस पर मास्टरनीजी भी हंस पड़ीं। उन्होंने कहा :

"शाबाश! मुझे तो डर था कि तुम रोने लगोगे।" "डर मुझे भी था ," पापा ने कहा। इस पर सब फिर हंस पड़े।

"अच्छा, बच्चों, मैं चाहती हूँ कि इस बात को तुम याद रखो कि जब भी तुम्हें रोना आये, तुम्हें हंसने की कोशिश करना चाहिए। यह जिंदगी भर के लिए तुम्हें एक सलाह है। अच्छा, अब हमें पढ़ाई शुरू करनी चाहिए।"

उसी पहले दिन पापा को पता चला कि पढ़ने में वह कक्षा भर में सब से अच्छे हैं। उन्हें यह भी पता चला कि उनका लेख और सब के लेख से खराब है। लेकिन जब सभी को पता चला कि पढ़ाई के पूरे समय पापा ही और सभी से ज़्यादा बातें करते हैं, तो मास्टरनीजी ने उनकी तरफ अपनी उंगली से इशारा करके उन्हें चुप किया।

वह बहुत अच्छी मास्टरनीजी थीं। वह सख्त थीं, मगर वह बहुत भली भी थीं। उनसे पढ़ना बहुत मज़ेदार था। और पापा ने उनकी सलाह को जिंदगी भर याद रखा। आखिर स्कूल में यह पापा का पहला दिन था। फिर और भी बहुत से दिन बीते।स्कूल में पापा के साथ बहुत सी मज़ेदार और दुखभरी, अच्छी और बुरी बातें हुईं। मगर इनकी कहानी और है।

पापा
स्कूल में

पापा हमेशा देर से आते थे

पापा जब बच्चे थे, तो और सभी बच्चों की तरह वह भी स्कूल में भर्ती हुए और सभी बच्चे घंटी बजने के पहले स्कूल आ जाते थे। मगर पापा हमेशा देर से आते थे। कभी-कभी तो वह इतने देर से आते थे कि दूसरे घंटे में भी वह समय पर नहीं पहुंच पाते थे। इससे मास्टरनीजी को सचमुच हैरानी हई। वह बोली कि मैंने ऐसा कोई लड़का पहले कभी नहीं देखा। स्कूल के प्रिंसीपल बोले कि किसी और स्कूल में भी ऐसा कोई और बच्चा शायद ही होगा।

"यह हमेशा ही देर से आता है," प्रिंसीपल ने कहा। "इसके माता-पिता कहते हैं कि वे कुछ नहीं कर सकते। मैं उनसे दो बार बातचीत कर भी चुका हूँ ।"

सच भी यही था - पापा के माता-पिता इसमें कुछ भी नहीं कर

सकते थे। हर शाम को वही किस्सा हुआ करता।

"तुमने अपना घर का काम कर लिया?" दादी पूछतीं।

"एक मिनट ठहरो!" पापा जवाब देते।

"इस किताब को रखो और अपना काम करना शुरू करो, फ़ौरन!" दादा कहते।

"बस एक दफा और!" पापा कहते।

पापा उस दफा को खत्म कर देते और नये को पढ़ना शुरू कर देते। अपना उकतानेवाला काम शुरू करने के पीछे उनसे दिलचस्प किताब को छोड़े ही न बनता था।

"रखो इस किताब को!"

"बस, एक सैकंड ..."

'रखो इस किताब को! "

"बस, एक सैकंड ..."

आखिर दादा और दादी का सब खत्म हो जाता। वे पापा की किताब उनके हाथों से छीन लेते।

"तुम एकदम नकारा बनोगे!" वे धमकाते हुए कहते।

इस पर पापा को बहुत बुरा लगता। वह रोना और चिल्लाना शुरू कर देते और अपनी किताब मांगते। वह कहते कि "जब तक मुझे मेरी किताब नहीं लौटाओगे , मैं घर का काम करना शुरू नहीं करूँगा।"

इसी तरह सारी शाम बीत जाती। पापा जब आखिर अपना काम करने बैठते , तो उन्हें नींद आ जाती। उनके माता-पिता उन्हें जगा देते। वह फिर सो जाते। इस तरह वह अपना काम ऊंघते-ऊंघते करते। जब तक उनका काम खत्म होता , सचमुच बहुत देर हो जाती। थके हुए दादा और दादी भी सो जाते थे।

सुबह दूसरा ही किस्सा होता।

"चलो, उठो! '' दादी कहतीं।

"एक सेकंड ..." पापा बुदबुदाते।

"उठो!" दादा चिल्लाते।

"एक सेकंड ..."

"तुम लेट हो रहे हो!"

हर कोई जानता है कि रात को अगर देर से सोया जाये, तो सुबह उठना कितना मुश्किल होता है। सारे मीठे-मीठे सपने सुबह के समय ही आते हैं - खासकर अगर स्कूल जाना हो, तो।

पापा बदन को तानते और उबासियां लेते, उनीदे ही कपड़े पहनते , हाथ-मुंह धोते, ऊंघते हुए नाश्ता और आखिर किसी तरह अपनी किताबें इकट्ठा करते और इसी बीच समय तेज़ी से गुज़रता जाता। इसके बाद वह घर से निकलते और रास्ते में मिलने वाली हर घड़ी की तरफ डर से देखते हुए स्कूल को भागते।

जब पापा बेदम हुए क्लास में घुसते , तो सारे बच्चे हंसी के मारे हरे हो जाते। मास्टरनीजी तक हंसतीं। "आ गया हमारा लेट लतीफ़ ! " वह कहती। पापा को हर ही बार यह सुनकर बहुत बुरा लगता।

बच्चों ने स्कूल के दीवारी अखबार में पापा की तस्वीर बनाकर लटकाई। उन्हें बिस्तर पर बे खबर सोये दिखाया गया था, जबकि उनके माता-पिता उन पर दो बड़ी बाल्टियों से पानी डाल रहे थे। एक बड़ी एलार्म घड़ी पापा का एक कान खींच रही थी, और एक लड़का उनके दूसरे कान में बिगुल बजा रहा था। तस्वीर के नीचे लिखा था : "लोरी।" पापा इससे गुस्से में आ गये , मगर फिर भी उनका लेट होना नहीं छूटा।

पापा चूंकि अपना घर का काम बिलकुल आखिरी वक्त पर ही करते थे, इसलिए वह उसे कभी अच्छा नहीं करते थे। स्कूल पहुंचते चूंकि उन्हें देर हो जाती थी, इसलिए किसी नई चीज़ के बारे में बताई मास्टरनीजी की बात वह अक्सर नहीं सुन पाते थे। इससे सारी क्लास जो करती होती थी , उसे समझना पापा के लिए मुश्किल हो जाता था।

इसके अलावा वह लगातार लपकते , लेट होते , दौड़ते और हड़बड़ाहट में रहते थे। यह सब उनके लिए बहुत बुरा था। लेकिन इस पर भी वह हमेशा लेट होते ही रहते थे।

मैं तुम्हें यह बताना चाहूँगा कि पापा के माता-पिता ने उनके लेट न होने का रास्ता आखिर कैसे निकाला।

मैं तुम्हें यह बताना चाहूँगा कि अध्यापिकाएं और दूसरे बच्चे किस तरह तब तक पापा की हंसी उड़ाते रहे जब तक कि आखिर एक

दिन वह और सबसे पहले स्कूल नहीं आ गये और फिर कभी लेट नहीं हुए।

लेकिन मैं झूठ नहीं बोलना चाहता।

पापा जिंदगी भर लेट होते रहे। वह स्कूल में देर से आते थे, वह कॉलेज में लेट हो जाते थे और वह काम पर भी देर से आते थे। लोग हमेशा उनकी मज़ाक उड़ाते थे। पापा को सजा दी जाती थी। डांटा जाता था और शर्मिंदा किया जाता था। इस बुरी आदत के कारण वह जिंदगी में कितनी ही बातों में हारे। उन्हें थियेटर में पहुंचने में अक्सर इतनी देर हो जाया करती थी कि लोग उन्हें फिर कभी बुलाते ही नहीं थे। उन्हें कामकाजी मुलाकातों में पहुंचने में देर हो जाया करती थी और उससे सारा मामला ही बिगड़ जाया करता था।

कई बार ऐसा हुआ कि उन्होंने नये साल का स्वागत अकेले निर्जन सड़क पर ही किया , क्योंकि उन्हें नववर्ष की उस पार्टी में पहुंचने में देर हो गई थी, जिसके लिए वह लपके जा रहे थे। लोगों ने बेकार ही उनका इंतज़ार किया।

पापा के दोस्तों को उनके लेट होने के बारे में मज़ेदार कहानियां सुनाना बहुत अच्छा लगता है | अब भी पापा को धीरे चलना नहीं आता। वह हमेशा जल्दी में रहते हैं, क्योंकि वह लेट होने के आदी हैं। रात में भी वह लेट होने के ही सपने देखते हैं। कभी-कभी वह सपने में देखते हैं कि वह फिर से छोटे-से लड़के बन गये हैं और स्कूल भाग रहे हैं। लेकिन जब वह सपने में घड़ी की तरफ देखते हैं, तो पाते हैं कि अभी समय हुआ ही नहीं। हर कोई उन्हें बधाई दे रहा है। प्रिंसीपल साहब उन्हें गुलदस्ता पेश कर रहे हैं। उनकी तस्वीर स्कूल के हॉल में लटकाई जा रही है। उनके सम्मान में बाजा बज रहा है। मगर तभी हमेशा उनकी आँख खुल जाती है और वह सोचते हैं कि अगर वह फिर बच्चे हो जायें, तो वह फिर कभी स्कूल देर नहीं पहुँचेंगे। मगर अगर ऐसा सचमुच हो जाता , तो!

पापा सिनेमा गये

पापा जब बच्चे थे, तो उनको सिनेमा देखने नहीं जाने दिया जाता था। उनसे कहा जाता था, "तुम बहुत छोटे हो ... अभी बहुत वक्त है। और फिर उसमें तुम्हारे देखने का भी तो कुछ है नहीं!" दादा और दादी तो यही कहते थे। और इसमें उनकी चाची अपनी बात जोड़ देती थीं, "मुझसे पूछो, तो सिनेमा बस छूत का घर है। वहां डिप्थीरिया की तो बात ही क्या, खसरा, लाल बुखार और काली खांसी के अलावा और कुछ नहीं होता ..."

और उनकी चाची डिप्थीरिया पर एक लंबा-चौड़ा भाषण देना शुरू कर देतीं। पापा बेकार ही उन लोगों से सिनेमा जाने देने की खुशामद करते। वे तब पापा की बात भी न सुनते , जब वह कहते कि मेरे सभी दोस्त बरसों से सिनेमा जा रहे हैं और डिप्थीरिया की तो

बात ही क्या, खसरा, लाल बुखार या काली खांसी भी उनमें से किसी को भी नहीं लगी है। जवाब हमेशा वही होता :

"जब तुम स्कूल जाने लगोगे, तो फिर कोई बात नहीं रहेगी। तब हम तुम्हें छूत लगने से नहीं रोक सकेंगे। तब तुम चाहो जितनी बार जा सकोगे।"

पापा हर ताज़ा फिल्म को उसी तरह देखते , जिस तरह उनके दोस्त उसका हाल बताते थे। लड़के उन्हें दिखाते कि 'मार्क ऑफ़ जीरो' में डगलस फ़ेयरबैंक्स किस तरह घोड़े पर सरपट सवारी करता है, किस तरह वह काली नक़ाब में आता है और अपने सभी दुश्मनों को मौत के घाट उतार देता है। वे चार्ली चैप्लिन और मसखरे ईगोर इल्यीन्स्की की, लंबे और दुबले-पतले पट और ठिंगने और गोल-मोल पटशोन की नकल करते। अपनी तरफ से नकल ठीक करने की वे पूरी-पूरी कोशिश करते। वे मशहूर कावबोय विलियम हार्ट की नकल करने के लिए एक-दूसरे की पीठ पर सवार होकर आसपास दौड़ते।

पापा ने बड़े लोगों को कहते सुना कि "मेरी पिकफ़ोर्ड की मुस्कराहट बड़ी सुंदर है |" "उसकी मुस्कराहट कैसी है ?" पापा अपने दोस्तों से पूछा करते। एक लड़के ने उन्हें दिखाया कि मेरी पिकफ़ोर्ड मुस्कराती कैसे है। उसने बहुत सख्त कोशिश की और सभी लड़कों ने कहा कि वह मेरी पिकफ़ोर्ड से कहीं अच्छा मुस्कराता है। खासकर इसलिए कि वह इतने सालों से मुस्कराती आ रही है और इसके लिए उसे पैसे मिलते हैं, जबकि इसके लिए यह दूसरा ही दिन है और वह एक दोस्त के लिए मुफ्त मुस्कराकर दिखा रहा है। पापा जानते थे कि लड़के उनकी मदद करने की कोशिश कर रहे हैं, लेकिन इस सबसे उनकी सिनेमा जाने की इच्छा और भी बढ़ जाती।

वह खुशी का दिन आखिर आ ही गया। पापा स्कूली बच्चे बन गये। पहले ही रविवार को मास्टरनीजी सारी क्लास को 'नन्हे लाल सूरमा' शो दिखाने ले गईं। पापा इस किताब को पढ़ चुके थे। वह बाल-स्काउटों, खौफनाक माखनो और सारे जोशीले और अचरज भरे कारनामों को परदे पर देखना चाहते थे।

सिनेमा पापा के घर के बहुत पास था। वीत्या चाचा तक को मालूम था कि वह कहां है। यही कारण था कि वह वहां पापा के , जो लेट

थे, पहले ही पहुँच गये थे और उन्हें पूरी क्लास के साथ दोस्ती करने का मौका मिल गया था। मास्टरनीजी को भी वीत्या चाचा अच्छे लगे। जब पापा ने अपने छोटे भाई को वहां देखा , तो उन्होंने मुंह से एक शब्द भी न निकाला। उन्होंने वीत्या चाचा का कान पकड़ा और उन्हें घसीट ले चले। वीत्या चाचा इतने ज़ोर से चीखे कि उनके मुंह में जो मिठाई की तीन गोलियां थीं, वे गिर गईं। पापा की क्लास में पढ़ने वाली लड़कियाँ वीत्या चाचा की खातिर करती थी, और वह बहुत ही सुशील बालक थे। अगर कोई उन्हें मिठाई की गोलियां देता , तो वह कभी मना न करते थे।

वीत्या चाचा इतने ज़ोरों से रोये कि पापा के क्लास के सभी बच्चे उन्हीं की तरफ हो गये। मास्टरनीजी तक ने कहा, "इसे हमारे साथ आने दो, इसका ज़िम्मा मैं ले लूंगी।" इस पर पापा ने अपने भाई के कान को छोड़ दिया। सब लोग भीतर गये। बच्चे दरवाज़ों से होकर भीतर सभी तरफ लपक रहे थे। खुशी में फुदकते वीत्या चाचा सबसे आगे खरगोश की तरह उछलते चल रहे थे। कुदरती तौर पर वह ठोकर खाकर गिर गये। पापा उनके ठीक पीछे थे। वह अपने छोटे भाई से टकराये और उसके ऊपर गिर पड़े और सारी की सारी क्लास , जो उनके पीछे-पीछे लपकी आ रही थी, उन दोनों के ऊपर एक साथ गिर पड़ी। यह सब खासा भारी वज़न था , खासकर उन लोगों के लिए, जो ढेर में सबसे नीचे थे। इसलिए वीत्या चाचा, जो पहले खरगोश की तरह फुदक रहे थे, अब कुत्ते की पकड़ में आए खरगोश की तरह चिंचिया रहे थे। पापा भी चिल्ला रहे थे। तभी पापा की मास्टरनीजी और दो दूसरे स्कूलों की मास्टरनियां बचाव के लिए लपकीं। उन्होंने भीड़ को रोका। उन्होंने वीत्या चाचा और पापा को उठाया। दोनों एकदम नीले पड़ गये थे, इसलिए उन्हें घायल मानकर घर भेज दिया गया। उनको देखते ही पापा की चाची खुशी के मारे चिल्लाईं, "देखा ? मैंने पहले ही कहा था न ! "

इसके बाद पापा को बहुत दिन तक सिनेमा नहीं जाने दिया गया। मगर आखिर उन्हें जाने दिया गया ही, और उन्होंने 'नन्हे लाल सूरमा' को और कितनी ही और फिल्मों को भी देखा। अब भी सिनेमा उन्हें अच्छा लगता है। वीत्या चाचा के साथ भी यही बात है।

पापा को लड़कियाँ तंग करती थीं

पापा जब बच्चे थे और पहली बार स्कूल गये, तो वहां आम तौर पर जो होता था वह इस प्रकार था : घंटी बजती, बीच की छुट्टी खत्म होती और गलियारे खाली हो जाते। सब बच्चे अपनी-अपनी सीट पर बैठ जाते, लेकिन पापा अकेले क्लास के दरवाज़े के बाहर खड़े-खड़े बे तरह रोते होते थे , जबकि सारी क्लास ठहाके लगाती होती थी। जब मास्टरनीजी कक्षा में आती, तो वह जान जाती थीं कि हुआ क्या है।

"क्या बात है?" वह मुस्कराकर पूछतीं। "क्या लड़कियों ने तुम्हें तंग किया है ? " और पापा सिर हिलाकर "हां" कह देते।

लड़कियाँ पापा को तंग क्यों करती थीं? और वह उनके साथ करती क्या थी?

बात बहुत ही मामूली थी। जब सभी लोग छुट्टी के बाद भीतर आते , तो तीन-चार लड़कियाँ पापा की डेस्क पर इकट्ठा हो जाती और उनकी तरफ देखते हुए ज़ोरों से हंसने लगती। पापा बहुत ही खामोश और शर्मीले लड़के थे। इसके पहले जिस अकेली लड़की को वह जानते थे, वह माशा थी। आम तौर पर वह हमेशा लड़कियों से दूर रहने की कोशिश करते थे। लड़कियों ने इस बात को जल्द ही जान लिया और उन्हें चिढ़ाना शुरू कर दिया। इस तरह यह सारी बात शुरू हुई।

अगर तुम्हें एक ही लड़की के बराबर बैठना पड़े, तो बात इतनी बुरी नहीं है। लेकिन अगर चार लड़कियाँ एक साथ तुम्हारी डेस्क पर बैठी हों और तुम पर निगाह पड़ने के साथ चीख-चीखकर हंस रही हों, तो बात कुछ और है। और अगर सारी ही क्लास उनके साथ हंस रही हो, तब बस कोई हद ही नहीं और इसलिए पापा क्लास के बाहर भाग जाते थे और ज़ोर-ज़ोर से रोते हुए दरवाज़े के पीछे खड़े हो जाते थे। सारी क्लास को इस पर बहुत हंसी आती और लड़के उनसे कहते :

"तुम उनकी तरफ ध्यान ही क्यों देते हो? उन्हें अपनी डेस्क से भगा दे ! और कुछ नहीं, तो इसी लड़की को धक्का दे दो! और ज़रा ज़ोर से दो, ताकि उसे सबक मिल जाये!" और वे उस लड़की को धकेल देते , क्योंकि वह सब से ज़ोर से हंसती थी और सब से ज़्यादा चिढ़ाती थी। वह एक बहुत ही जिंदा दिल और खूबसूरत लड़की थी। क्या नाम था उसका ? तमारा, गाल्या, वेरा या ल्यूस्या? नहीं, नहीं, उसका नाम वाल्या था। और वह शायद जानती थी कि क्लास की सारी लड़कियों में पापा उसे ही सबसे ज़्यादा पसंद करते हैं। लड़कियाँ ऐसी बातों को हमेशा समझ जाती हैं। शायद इसलिए वह इतने ज़ोर से हंसती थी। मगर इससे छोटे पापा को रोना आ जाता था।

आखिर मास्टरनीजी इस मामले से तंग आ गईं। एक दिन वह रोते हुए पापा को पीछे-पीछे लिए हुए कक्षा में आई और बोली :

"इस क्लास में सोलह लड़कियाँ और अठारह लड़के हैं। सोलहों लड़कियाँ हमेशा एक ही लड़के को छेड़ती हैं। सवाल यह है: वे सत्रह और लड़कों को क्यों नहीं छेड़ती? इसका जवाब कौन दे सकता है? "

सब हंस पड़े। तब मास्टरनीजी ने कहा :

"वे एक ही लड़के को क्यों छेड़ती हैं? मैं मज़ाक नहीं कर रही हूं और मुझे इस का जवाब चाहिए।"

हर कोई खामोश था। कुछ लड़कियाँ चहकीं। एक लड़के ने अपना हाथ उठाया और बोला :

"इसलिए कि वह रोता है।"

"ठीक है!" मास्टरनीजी ने कहा। "याद रखो, हमने यह बात मानी थी कि रोने से हंसना अच्छा है। समझे?" उन्होंने पापा से पूछा।

"हां," पापा ने बुदबुदाकर कहा। ...

"तो इसे याद रखने की कोशिश करो," उन्होंने कहा। "अगर तुमने ऐसा न किया, तो लड़कियाँ तुम्हें जिंदगी भर चिढ़ायेंगी..."

पापा अपने साथ ऐसी भयंकर बात नहीं होने देना चाहते थे। अगली बार जब लड़कियाँ उनकी डेस्क पर बैठकर उन पर हंसी, तो वह रोये नहीं। वह बस उस लड़की की डेस्क पर जा बैठे, जिसे वह सबसे ज्यादा पसंद करते थे। सभी उस लड़की पर हंसने लगे। वह रोई नहीं, मगर उसने हंसना बंद कर दिया। वे उनकी दोस्त तक बन गईं। इसके बाद अगर किसी ने पापा को तंग किया , तो बस लड़कों ने ही। मगर लड़कों की क्या है, वे तो हर किसी को ही तंग करते हैं।

पापा बाघ के शिकार पर गये

पापा जब बच्चे थे और स्कूल जाते थे, तब एक बार वह बाघ के शिकार पर गये। बाघ भी बच्चा ही था , और यद्यपि वह स्कूल नहीं जाता था, वह स्कूल के अहाते में ही रहता था। यह इस तरह हुआ।

वसंत में एक दिन स्कूल खत्म होने के बाद पापा और उनके दोस्त स्कूल के अहाते में धूप में बैठे थे। सभी जगह के बच्चों की तरह वे भी एक साथ सभी चीज़ों के बारे में बातें कर रहे थे। वे फुटबॉल और कल के इमले के बारे में और कल हुए झगड़े और 'बग़दाद का चोर' फिल्म के बारे में, अपनी मनपसंद आइसक्रीम के स्वाद के बारे में और पायनियर कैम्प में कौन जा रहा है और देहात में अपने माता-पिता के साथ कौन बोरियत में गर्मी बितायेगा, इस बारे में बातें कर रहे थे। जब वे लोग बातें कर रहे थे, पापा कोई किताब पढ़ रहे थे। मुझे नहीं मालूम कि किताब किस बारे में थी, लेकिन शायद वह साहस के कारनामों के बारे में कोई किताब थी। और जब सब ने बात करनी बंद कर दी

, तो पापा अचानक बोले :

"उफ़ , बाघ के शिकार पर जाना कितना मज़ेदार रहेगा!" हर कोई हंस पड़ा। मीशा गोर्बुनोव चिल्लाकर बोला :

"मुझे अपने साथ ले जाना! "

और सब लड़के भी चिल्लाने लगे :

"और मुझे भी! मुझे भी!"

इस पर एक लड़के ने कहा :

"चलो हम सभी चलें! सारी की सारी क्लास !"

हर किसी को यह विचार पसंद आया।"

लेकिन उनका शिकार कैसे किया जाता है ?" मीशा ने पूछा।

"यह तो बहुत ही आसान है," छोटे पापा ने कहा। "पहले अपने हाथियों पर सवार होकर जंगल में घुस जाओ। जंगल बंदरों और केलों और तोतों से भरा पड़ा है ...|"

"और गधों और रंगीन रूमालों और गाजरों से," मीशा ने अलाप लगाई। "हमें बाघ के बारे में बताओं ।"

"वही तो मैं तुम्हें बताने की कोशिश कर रहा था। बाघ जंगल में छिपा होता है। फिर वह बाहर उछलता है और हाथी पर हमला कर देता है। तब सभी गोलियां चलाते हैं और हाथी अपनी सूंड में बाघ को लपेट लेता है और उसे ज़मीन पर दे मारता है और पैरों से कुचल देता है। "देखो! यह सब इस तस्वीर में दिखाया गया है।"

लड़के देर तक तस्वीर को आँख गड़ाये देखते रहे। तब मीशा बोला : "मैं बताऊँ | तुम और तुम और तुम हाथी बनोगे। और हम लोग शिकारी होंगे। हमारा अहाता जंगल है। हर शिकारी बंदूक की जगह एक-एक लकड़ी ले लेगा। हैं सब तैयार ? तो चलो बैठो अपने हाथियों पर और चलो! वह रहा बाघ। उसकी धारिया देखते हो?"

"मगर वह तो बिल्ली का बच्चा ही है," पापा बोले।

"चुप रहो! तुम्हें तो यह भी पता नहीं कि क्या बात कर रहे हो। अच्छा , सुनो मेरी बात , शिकारियो ! हाथियो, चलो आगे !"

पापा शिकारी थे। अपने हाथी पर बैठे-बैठे उन्होंने बिल्ली के धारीदार बच्चे को अचरज के साथ हाथियों और शिकारियों की तरफ

देखते देखा। वह इतना चकित था कि उसने भागने की भी कोशिश नहीं की। मीशा चिल्लाया :

"गोली दागो!"

बेचारे पर लकड़ियों और पत्थरों की बौछार हो गई। इसके पहले कि वह यह भी सोच सकें कि वह क्या कर रहे हैं, पापा भी अपनी लकड़ी फेंक चुके थे। मगर उनका निशाना चूक गया। बिल्ली का बच्चा दहशत के मारे भागा। तभी एक पत्थर उसके सिर पर जाकर लगा। बिल्ली के बच्चे ने म्याऊं की और गिर पड़ा। उसकी टांगों ने एक झटका दिया और वह फिर निश्चल हो गया।

"मार दिया हमने बाघ को!" मीशा चिल्लाया।

लेकिन तभी एक लड़का बोला :

"अरे, यह तो मर गया ..."

सभी उसे देखने के लिए लपके।

बालदार खाल की छोटी-सी धारीदार गेंद एकदम निश्चल थी। अचानक पापा की समझ में आ गया कि बिल्ली का बच्चा ज़िंदा था और अब वह मर गया। अब वह कभी नहीं दौड़ेगा, उछलेगा या दूसरे बिल्लों के साथ खेलेगा। वह कभी बढ़कर बड़ा बिल्ला नहीं होगा। वह कभी चूहे नहीं पकड़ेगा, छत पर म्याऊँ कभी नहीं बोलेगा। अब सब खत्म हो चुका था। वह शायद बाघ के शिकार का खेल खेलना ही नहीं चाहता था। लेकिन किसी ने उससे कहा भी तो नहीं था। लड़के बिल्ली के मरे हुए बच्चों के आसपास खामोश खड़े थे। मीशा भी खामोश था।

तभी उन्होंने किसी को चिल्लाते हुए सुना :

"अरे मेरा बच्चा! हाय मेरा नन्हा-सा बच्चा !" यह सिर में नीले रिबन का एक बड़ा फूल लगाये हुए छोटी-सी लड़की की आवाज़ थी।

उसने बिल्ली के बच्चे को उठाया और उसे घर ले गई। बच्चे भी चले गये। वे इतने शर्मिंदा थे कि एक दूसरे की तरफ देख भी नहीं रहे थे।

उसके बाद पापा ने जिंदगी भर किसी कुत्ते , बिल्ली या किसी भी दूसरे जानवर को चोट नहीं पहुँचाई। और उस धारीदार बच्चे का तो उन्हें आज भी दुख है।

पापा की चित्रकारी

पापा जब बच्चे थे, तो उन्हें ड्राइंग करना बहुत अच्छा लगता था। उन्हें रंगीन पेंसिलों का एक डिब्बा दिया गया , तो वह अपना पूरा-पूरा दिन ड्राइंग में ही लगाने लगे। वह छोटे-छोटे घर बनाते। हर घर में एक चिमनी होती। हर चिमनी से धुआँ निकलता होता। हर घर के पास एक पेड़ होता। हर पेड़ पर एक चिड़िया होती। सभी घर लाल थे। सभी छतें पीली थीं। सभी चिमनियां काली थीं और चिमनियों से निकलता धुआँ हल्के नीले और गुलाबी रंग का था। पेड़ नीले थे और चिडियाएं हरी थीं। लाली लिये हुए नीले आसमान में सुनहरा सूरज चमकता था। सूरज के पास ही रुपहरा चांद तैरता होता था और वह रुपहरे और सुनहरे तारों से घिरा होता था। तस्वीर बहुत सुंदर थी। मगर पापा की बनाई तस्वीर को जो भी देखता , वही कहता :

"नीले पेड़ और हरी चिड़ियाएं तुमने कहीं देखी हैं?"

और पापा कहते :

"इस तस्वीर में।"

स्कूल जाना शुरू करने से पहले पापा सोचते थे कि उन्हें ड्राइंग बहुत अच्छी आती है। लेकिन स्कूल में हर किसी का खयाल कुछ और ही था। उनकी ड्राइंग इतनी खराब थी कि ड्राइंग मास्टर उनसे एक शब्द भी नहीं कहते थे। दूसरे बच्चों से वह कहते : "यह अच्छा है," या "यह अच्छा नहीं है," या "इस लाइन को सीधा करो," मगर वह पापा से कभी " यह अच्छा नहीं है," भी नहीं कहते थे। जब वह पापा की डेस्क के पास से गुज़रते और उनकी ड्राइंग को देखते, तो उनका चेहरा ऐसे बिगड़ जाता, मानो उन्होंने एक बड़ा खट्टा नींबू खा लिया हो। अगर बात तुम्हारी समझ में न आई हो, तो एक बड़ा खट्टा नींबू खुद खाओ और फिर आईने में अपना मुंह देखो। मास्टर जी का मुंह भी ऐसे ही बिगड़ जाता था।

कुछ लड़कियों को पापा पर बड़ा तरस आता। जब मास्टर जी की पीठ उधर हो जाती, तो वे पापा की ड्राइंग की कॉपी में जल्दी से कुछ बना देतीं। वे भरसक खराब ड्राइंग बनाने की कोशिश करती थीं, मगर पापा जितनी खराब ड्राइंग कोई नहीं बना सकता था। मास्टर जी फर्क को तुरंत देख लेते। वह पापा से पूछते :

"यह किसने बनाया है?"

और पापा ईमानदारी के साथ जवाब देते :

"मैंने नहीं ..."

"यह तो मैं खुद भी देख सकता हूं," मास्टर जी कहते। "मगर मैं यह जानना चाहता हूँ कि तुम्हारी मदद किसने की है। इस तरह तुम ड्राइंग कभी नहीं सीख पाओगे। तुम्हें इसे अपने आप बनाना होगा।"

"मैं अब खुद बनाऊँगा," पापा कहते और फिर वह कुछ बनाते। मास्टर जी का चेहरा फिर बिगड़ जाता।

"अब मैं देख सकता हूँ कि यह तुम्हारी ड्राइंग है।"

माता-पिताओं की अगली सभा में ड्राइंग मास्टर ने छोटा-सा भाषण दिया। उन्होंने कहा :

"प्रिय माता-पिताओं! हमारी इस क्लास में पांच छात्रों को ड्राइंग में बढ़िया नंबर मिले हैं।"

और उन्होंने उनके नाम लिये।

"अधिकतर बच्चों के नंबर अच्छे हैं। कई ऐसे हैं, जिनके नंबर खराब हैं।"

उन्होंने तीन नाम और लिये। इसके बाद ड्राइंग मास्टर ने कहा :

"लेकिन एक लड़का है," यहां उनका चेहरा बिगड़ गया और उन्होंने छोटे पापा का नाम लिया, "बात यही नहीं है कि उसके नंबर खराब हैं। बात यह है कि मुझे लगता है कि उसमें कोई खराबी है। उसमें कोई ऐसी बात है, जो उसे ड्राइंग सीखने ही नहीं देती।"

दादा और दादी बहुत निराश हुए | मगर सच यही था। बाद में पापा ने स्कूल की पढ़ाई खत्म कर दी। फिर उन्होंने टेकनिकल स्कूल की पढ़ाई पूरी की और इसके बाद कॉलेज की। इस सारे समय में वह बस बिल्ली बनाना ही सीख पाये। लेकिन हर बच्चा बिल्ली बनाना जानता है। छोटे-छोटे बच्चे भी बिल्लियाँ बना सकते हैं। पापा को उनसे बहुत ईर्ष्या होती है, क्योंकि उनकी बनाई बिल्लियाँ पापा की बिल्लियों से कहीं अच्छी होती हैं। एक बार उनकी एक चित्रकार से मुलाकात हुई, जो उन्हीं जैसी खराब चित्रकारी करता था। मगर उसका कहना था : " इस चेहरे, इस पेड़, इस घोड़े को मैं ऐसा ही देखता हूं और इसलिए ऐसा ही मैं उन्हें बनाता भी हैं।"

दुख की बात है कि अपने ड्राइंग मास्टर से यही कहने की बात पापा के दिमाग में नहीं आई!

पापा ने मास्टरनीजी को धोखा दिया

पापा जब बच्चे थे, तो अपनी मास्टरनीजी को वह बहुत पसंद करते थे। सभी बच्चे उन्हें पसंद करते थे। वह बहुत लंबी थीं और देखने में ज़रा भी अच्छी नहीं थीं और हमेशा स्याह कपड़े पहना करती थीं। बड़े लोग कहते थे कि वह ज़रा भी सुंदर नहीं हैं। मगर छोटे पापा को तो वह बहुत ही सुंदर लगती थीं। उनका नाम अफ़ानासिया निकीफ़ोरोव्ना था। वह बहुत खुशमिज़ाज थीं, मगर वह सख्त भी थीं। सबसे बड़ी बात यह थी कि वह बहुत ही भली महिला थीं। सभी बच्चे जानते थे कि अगर मास्टरनीजी उनसे नाराज़ होती हैं, तो दोष बच्चों का ही है। बिना कारण वह कभी नाराज़ न होती थीं। क्लास में उनका कभी कोई चहेता नहीं था। वह अपने सभी शिष्यों को पसंद करती थीं। अगर वे अपना घर का काम न करते या क्लास में शोर मचाते,

तो वह उनमें से हर किसी से नाराज़ हो सकती थीं। सभी जानते थे कि वह इस स्कूल में बीस साल से पढ़ा रही हैं और सभी जानते थे कि वह शेखीखोरों, चुगलखोरों या लालची बच्चों को पसंद नहीं करती हैं।

अफ़ानासिया निकीफ़ोरोव्ना का पढ़ाना हमेशा बहुत दिलचस्प होता था। यही वजह थी कि क्लास में बच्चे बहुत ही खामोश रहते थे। एक दिन किसी ने छोटे पापा की कमर में पिन चुभा दी। इससे बहुत ही दर्द हुआ।

"उफ़ !" पापा चिल्लाये।

मास्टरनीजी ने कहा:

"क्या बात है?"

पापा कुछ नहीं बोले।

इस पर मास्टरनीजी ने कहा :

"कमरे से निकल जाओ!"

पापा उठे और दरवाज़े की तरफ जाने लगे। तभी दो लड़कियों ने चिल्ला कर कहा :

"जायचिकोव ने उसे पिन चुभाई थी!" ।

इस पर अफ़ानासिया निकीफ़ोरोव्ना ने कहा :

"मैं चाहती हूँ कि जो चिल्लाया, जिसने उसे पिन चुभाई और जिन्होंने चुगली की, सब क्लास से निकल जाएँ । क्यों, मेरी बात तुम्हें मंज़ूर है न, बच्चों?"

सभी चिल्लाएँ :

"हाँ!"

इसलिए दोनों लड़कियाँ पापा और जायचिकोव के साथ-साथ कमरे से निकल गईं। पापा रो रहे थे। वह बहुत दुखी थे, क्योंकि उन्हें पिन चुभाई गई थी और फिर कमरे से निकाल दिया गया था। जायचिकोव लड़कियों और पापा पर हंस रहा था। लेकिन यह साफ था कि असल में वह इतना खुश नहीं था, जितना दिखा रहा था। लड़कियाँ न हंस रही थीं, न रो, लेकिन उन्हें बहुत बुरा लग रहा था।

अगले दिन पापा एक बड़ी कील लेकर स्कूल आय और जब

मास्टरनीजी ने कक्षा की तरफ पीठ करके ब्लैक बोर्ड पर लिखना शुरू किया, तो पापा ने अपनी जेब से कील को निकाला और जायचिकोव के हाथ में घुसा दिया। जायचिकोव इतने ज़ोर से चीखा कि पापा डर गये। अफ़ानासिया निकीफ़ोरोना बहुत नाराज़ हुईं।

"फिर तुम्ही हो न, जायचिकोव?"

"मैं नहीं हूँ ... उसने मेरे हाथ में कील घोंपी है ..."

जायचिकोव ने उन्हें दिखाने के लिए अपना हाथ उठाकर लिरियाते हुए कहा।

"कल तुमने किसी को पिन चुभाई थी और आज किसी ने तुम्हारे हाथ में कील घोंप दी। बात दिलचस्प है। जायचिकोव के हाथ में कील किसने घोंपी है?"

सभी बच्चे पापा की तरफ देखने के लिए मुड़ गये , लेकिन किसी ने कुछ भी न कहा। कोई भी चुगलखोर नहीं बनना चाहता था। जायचिकोव ने भी कुछ नहीं कहा। वह बस मिनमिनाता रहा।

"तो, कौन था वह?" अफ़ानासिया निकीफ़ोरोन्वा ने अपनी सबसे सख्त आवाज़ में पूछा। पापा इतने डर गये कि अचानक उन्होंने अपने को कहते सुना:

"मैंने उसे नहीं घोंपा ..."

इस पर मास्टरनीजी ने पूछा

"तुमने उसे क्या नहीं घोंपा था?"

और पापा ने जल्दी से जवाब दिया :

"यह कील!"

सारी क्लास ठहाका लगाकर हंस पड़ी। वे लोग इतने ज़ोर से हंसे थे कि अगले कमरे के मास्टर जी भीतर आ गये। उन्होंने कहा :" अफ़ानासिया निकीफ़ोरोना, आप लोग किस लिए इतने खुश हैं ?"

और उन्होंने कहा :

"हम लोग इसलिए खुश हैं कि इस लड़के ने दूसरे को यह कील नहीं घोंपी थी, दूसरा लड़का रोया नहीं और किसी ने चुगली नहीं की; और किसी ने भी अपनी बूढ़ी मास्टरनीजी को धोखा नहीं दिया।" ।

इस पर सारे बच्चों ने अपने को बहुत शर्मिंदा अनुभव किया और पापा की तरफ नाराज़ी से देखा। उन्होंने खड़े होकर कहा :

"कल इसने मुझे पिन चुभाई थी और मैं चीख पड़ा था। आज मैंने इसे कील घोंपी और यह चिल्ला पड़ा। और मैं झूठ बोला।"

पापा कुछ ठहर गये और फिर बोले :

"मैं ऐसा फिर नहीं करूँगा, अफ़ानासिया निकीफ़ोरोव्ना।"

"और मैं भी नहीं करूँगा," ज़ायचिकोव बोला। लेकिन उसने पहले पापा को अपना बूंसा दिखाया और किसी ने उसकी बात पर विश्वास नहीं किया।

अफ़ानासिया निकीफ़ोरोव्ना बोली :

"झूठ बोलने से ज़्यादा बुरी और कोई बात नहीं है।"

और पापा फिर कभी उनसे झूठ नहीं बोले – शायद कभी नहीं।

पापा ने ट्राम को रोका

पापा जब बच्चे थे, तो उनका एक दोस्त था। उसका नाम था मीशा गोर्बुनोव। वह स्कूल में उन्हीं की क्लास में था।

मीशा बहुत शरारती लड़का था। बीच की छुट्टी में उसके आसपास हमेशा भीड़ लगी रहती थी। हर कोई मीशा का म्याऊँ करना, भौंकना, मक्खी की तरह भिनभिनाना या सूअर की तरह घुरघुराना सुनना चाहता था। मुर्गे की बांग लगाने में तो वह खासकर माहिर था। यह एक पूरा तमाशा होता। पहले वह कुडकुड़ाने की पहली बार कोशिश करते मुर्गी के बच्चे की नकल के साथ शुरूआत करता था। "कुकड़" तो ठीक से निकल आता , पर "कू" नहीं निकल पाता था। लेकिन फिर बच्चा मुर्गा उड़कर किसी बाड़ पर जा बैठता था , अपनी जिंदगी में पहली बार शान से बांग देता था और अपने पंखों को ज़ोर से

फड़फड़ाता था। इसके लिए मीशा अपनी कमीज़ पतलून से निकाल लेता और अपनी हथेली अपने उघड़े हुए पेट पर मारता। यह बिल्कुल मुर्ग के पंख फड़फड़ाने की आवाज़ जैसा ही लगता। मगर कोई भी छुट्टी इतनी बड़ी नहीं होती थी कि मीशा अपनी सभी काबिलीयतों को दिखा सके और इसलिए पढ़ाई के ऐन बीच में ही कभी-कभी बिल्ली का बच्चा म्याऊँ करने या सूअर का बच्चा चिंचियाने लगता था। "मीशा गोर्बुनोव!" मास्टरनीजी कहतीं। "यह चिंचियाना और म्याऊँ-म्याऊँ करना बंद करो! मैं और कोई किडकिड़ाहट नहीं सुनना चाहती। मीशा ! सुना तुमने? यह भौंकना बंद करो! तुम कब तक घुरघुराते रहोगे ? क्या यह तुमने फिर चहचहाना शुरू किया? फिर मैंने भिनभिनाहट सुनी और तुम गये कमरे के बाहर !"

लेकिन मीशा को कभी ही कमरे से बाहर निकाला नहीं जाता था। मास्टरनीजी उसे पसंद करती थीं और अक्सर उसकी शरारतों पर हंस देती थीं। स्कूल के प्रिंसीपल तक हर किसी के सामने ज़ोरों से हंस पड़ने से अपने को न रोक सके थे। यह तब हुआ था, जब उन्होंने मीशा को अपने दफ्तर में बुलाया था और उसकी शरारतों पर लंबी डांट पिलाई थी। उन्होंने यह कह कर अपनी बात पर खत्म की :

"अब तुम जा सकते पर मैं फिर कभी तुम्हें यहां पैर धरते न देखूँ!"

इसलिए मीशा अपने हाथों पर खड़ा हो गया और प्रिंसीपल साहब के कमरे से अपने हाथों पर चलता निकल आया। ठीक है कि इसके बाद प्रिंसीपल साहब ने उसके माता-पिता को बुलवाया था, मगर हर किसी ने उन्हें हंसते तो देख ही लिया था।

एक दिन स्कूल के बाद मीशा बोला: "मुझे ट्राम रोकते देखना चाहते हो?"

कुदरती तौर पर सभी चिल्लाये :

"हाँ !"

"तो चलो!" मीशा ने कहा।

सभी लड़के उसके पीछे-पीछे बाहर आ गये। ट्राम की लाइन स्कूल के पास ही थी। "तुम सब यहीं खड़े रहो और देखो," मीशा बोला।

जब ट्राम दूरी पर नज़र आई, तो मीशा पटरियों पर लेट गया और अपने सिर को उसने अपनी बाहों से ढंक लिया। ट्राम बहुत तेजी से आ रही थी। जब ड्राइवर ने पटरी पर एक लड़के को पड़े देखा, तो उसने घंटी को बड़े ज़ोर से बजाया। मीशा नहीं हिला। ट्राम लगातार पास आती जा रही थी, घंटी की आवाज़ तेज़ होती जा रही थी। लड़कों को जैसे काठ मार गया था। जब ट्राम बहुत ही पास आ गई, तो वह रुक गई। जैसे ही घंटी का बजना बंद हुआ, मीशा उछलकर खड़ा हुआ और एक छोटी-सी गली में जा भागा। ड्राइवर बस उसकी तरफ अपना मुक्का ही दिखा सका। फिर ट्राम चली गई। लड़कों ने मीशा को घेर लिया।

"तुम्हें डर नहीं लगा?" उन्होंने पूछा।..

"इसमें डरने की क्या बात है?". . .

"लेकिन अगर वह न रोकता, तो?"

"तो वह जेल जाता।"

"लेकिन अगर वह तुम्हें पकड़ लेता, तो?",

"उसे ट्राम छोड़ने की इजाज़त नहीं है।"

साफ था कि मीशा ने सब पहले से ही सोच रखा था।

अगले दिन कोल्या स्तेपानोव ने ट्राम को रोका, उसके अगले दिन कोस्त्या फ़ेदोतोव ने। इसके बाद सिकोर्स्की भाइयों ने। फिर किसी ने लड़कियों को भी देखने के लिए बुला लिया। और यही पापा की कयामत थी। वह दिन आ गया कि जब पापा के अलावा बाकी सब लड़के ट्राम को एक-एक बार रोक चुके थे। सभी लड़कियाँ यह जानती थीं। पापा को उनकी मिसाल पर चलना था। जब यह खबर फैली कि पापा पटरियों पर लेटेंगे और ट्राम को रोकेंगे, तो दूसरी क्लासों की लड़कियाँ भी देखने के लिए आ गईं। आखिर, पापा बहुत ही चुपचाप लड़के थे और सभी यह देखना चाहते थे कि वह ट्राम को रोकने में कैसे सफल होंगे।

भीड़ इतनी बड़ी थी कि ड्राइवर ने उसे दूर से ही देख लिया। पापा पटरी पर अपनी आँखें कसकर बंद किये और कानों को हाथों से ढंके पड़े थे कि ड्राइवर ने ट्राम को आहिस्ता-से रोका, नीचे उतरा और

उनकी तरफ लपका। छोटे पापा ने सोच लिया कि ट्राम रुकी नहीं है और उनके ऊपर से निकल गई है। वह इस बात को नहीं समझ पाये कि उन्हें जो झकझोर रहा था, वह ड्राइवर था, जो चिल्ला रहा था :

"अहा! आखिर मैंने तुझे पकड़ ही लिया !"

सारे बच्चे डर के मारे तितर-बितर हो गये। अकेले मीशा ने ही गली से चिल्ला कर कहा : " तुम्हें कोई हक नहीं है !" मगर उसकी बात किसी ने नहीं सुनी।

पापा को मिलिशिया स्टेशन ले जाया गया। वहां उनका पता लिखा गया। इसके बाद दादा, दादी तथा प्रिंसीपल साहब को मिलिशिया स्टेशन बुलाया गया। फिर पापा को घर पर सज़ा दी गई और स्कूल में भी शर्मिंदा किया गया। स्कूली अखबार में उनके बारे में एक लेख था। प्रिंसीपल साहब और दादा और दादी का खयाल था कि अकेले पापा ही पटरियों पर लेटकर ट्राम को रोज़-रोज़ रोका करते थे। पापा उन्हें यह बताने के लिए बेचैन थे कि मीशा गोर्बुनोव और कोल्या स्तेपानोव और कोस्त्या फेदोतोव और सिकोस्की भाई - सभी ट्राम को रोक चुके थे, लेकिन उन्होंने उनकी चुगली नहीं की।

दूसरे बच्चे बड़ी देर तक छोटे पापा को इस घटना की याद दिलाते रहे। लेकिन सबसे बुरी बात यह थी कि सारे ही लड़कों और लड़कियों ने उनकी हंसी उड़ाई, क्योंकि वही एक ऐसा लड़का था, जो पकड़े में आया। उनके दोस्त मीशा तक ने कहा : " अगर तुम्हें कुछ करना नहीं आता, तो उसमें अपना हाथ क्या डालते हो!'

उसके बाद कोई कभी पटरियों पर नहीं लेटा। पापा को खुशी है कि वह तब पकड़ लिये गये थे, क्योंकि ट्राम ने कभी किसी को नहीं कुचला या और यह सचमुच एक चमत्कार था।

पापा ने सांप को मारा

पापा जब बच्चे थे, तो उन्होंने एक सांप मारा था। यह इस तरह हुआ। एक दिन स्कूल के बाद मास्टरनीजी ने कहा : "बच्चों! कल हम लोग जंगल जायेंगे। देखो, कैसा वसंत आ गया है ! हम जंगल में हरी घास पर चलेंगे और तुम धूप में खेलोगे। कौन-कौन चलना चाहता है ?"

सभी बच्चों ने अपने हाथ उठा दिये , पापा ने भी यही किया। मास्टरनीजी मुस्कराई और बोलीं:

"और कौन चलना नहीं चाहता?"

इस पर सभी बच्चों ने अपने हाथ फिर उठा दिये। पापा ने भी यही किया। मास्टरनीजी बहुत हैरान हुईं।

"इसका क्या मतलब है?" उन्होंने पूछा। "तुम जंगल में सैर करने

के लिए जाना चाहते हो या नहीं?"

"चाहते हैं!" सब बच्चे चिल्लाये।

"फिर तुमने न जाने के लिए हाथ क्यों उठाये?"

इसे कोई भी न समझा सका। आखिर लड़कियों में से एक ने कहा:

"बात यह है कि हम सभी को हाथ उठाना अच्छा लगता है ..."

इस पर सब हंस पड़े। मास्टरनीजी भी हंस दीं। वह बोली :

"तुम सब पगले हो। अच्छा, अपना दोपहर का खाना लाना न भूल जाना। जंगल में खाना नहीं बिकता है। क्लास खत्म!"

सब बच्चे खड़े हो गये। अचानक पापा ने अपना हाथ फिर उठाया।

"अब क्या बात है?" मास्टरनीजी ने पूछा। "हाथ उठाना तुम्हें सचमुच अच्छा लगता है, है न?"

सभी लोग हंस पड़े। छोटे पापा भी हंस पड़े। फिर उन्होंने पूछा

"क्या मैं अपनी बेलची ले जा सकता हूँ?"

तब लड़के-लड़कियाँ और ज़ोर-से हंस दिये। मास्टरनीजी ने कहा:

"चूंकि तुम लोगों को हाथ उठाना बहुत पसंद है, इसलिए हम इस पर भी हाथ उठायेंगे। कौन चाहता है कि यह बेलची ले जाये?"

सभी ने हाथ उठा दिये। "तो यह सर्वसम्मत है," मास्टरनीजी ने कहा।

और इसलिए पापा अपनी बेलची जंगल ले गये। आखिर वह अभी भी बहुत छोटे ही थे। और उन्हें अपनी बेलची पसंद थी और वह इसलिए बहुत खुश थे कि हर किसी ने उनकी बेलची ले जाने के लिए ही वोट दिया था।

जंगल में बड़ा ही सुहावना लग रहा था। पेड़ हरे थे और नई घास इतनी सुंदर थी कि पापा चकित होकर उसकी तरफ टकटकी लगाकर देखने लगे।

"बच्चों, इस पेड़ को देखो," मास्टरनीजी बोली। "क्या कोई जानता है कि यह कौन सा पेड़ है?" "यह बलूत है!" वे सभी चिल्ला कर । बोले।

जिस लड़की को हाथ उठाना पसंद था (उसका नाम ओल्या था),

उसने कहा :

"पुराना और ज़बरदस्त बलूत ..."

किसी की भी समझ में नहीं आया कि उसने यह क्यों कहा। मास्टरनीजी तक हैरान होती लगी। फिर उन्होंने पूछा : "यह कौन सा पेड़ है?"

हर कोई चिल्लाया :

"यह छोटा-सा भोज है!"

पापा ने देखा कि ओल्या बोलने के लिए अपना मुंह खोल रही है। इसलिए उन्होंने धीरे-से कहा :

"यह एक ज़बरदस्त जवान भोज है!"

ओल्या को बुरा लगा और उसने पापा की तरफ अपनी जीभ निकाल दी।

इस पर पापा ने ज़ोर-से कहा :

"ज़बरदस्त तेज़तर्रार ज़ुबान!"

सब हंस दिये , मगर मास्टरनीजी बोली :

"जो बच्चा पढ़ाई में दखल देगा, उसे मैं जंगल से चले जाने को कह दूँगी ।"

उन्होंने यह इतनी सख्ती से कहा कि सभी एकदम खामोश हो गये। लेकिन फिर मास्टरनीजी खुद ही हंस पड़ी।

इसके बाद उन्होंने बच्चों को उन अलग-अलग पेड़ों के बारे में बताया , जो हमारे उत्तरी और दक्षिणी जंगलों में उगते हैं।

तभी किसी को एक सोनपंखी मिल गई और सभी गाने लगे :

सोनपंखी , सोनपंखी,
तेरे घर में लगी आग
भाग , भाग , जल्दी भाग!

मगर सोनपंखी उड़कर जाना नहीं चाहती थी। तभी सभी को अपने लाये खाने की याद आ गई और उन्हें भूख लगने लगी। जंगल की पिकनिक में मज़ा आ रहा था। उन्होंने एक बड़े से पेड़ के कटे ढूंठ को मेज़ की तरह इस्तेमाल किया। हर किसी ने अपनी चीजें

दूसरों को खिलाईं और जब मास्टरनीजी ने अपने बैग से मिठाई का एक डिब्बा निकाला , तो हंसी की एक किलकारी गूँज उठी।

अचानक किसी की चीख सुनाई पड़ी:

"सांप! सांप !"

यह ओल्या चीख रही थी। वह पापा के बराबर बैठी थी। वह कूदकर खड़ी हो गई और तेज़ से तेज़ आवाज़ में चीखती चली गई. : .

"अरे बचाओं! हाय अम्मा !"

पापा भी उछलकर खड़े हो गये। उन्होंने देखा कि ओल्या के पैरों के पास एक सांप रेंग रहा है। पापा ने जिंदगी में पहली बार सांप देखा था। वह इतने डर गये कि उन्होंने उस पर अपने पूरे ज़ोर से चोट की। उन्होंने उसे अपनी तेज़ बेलची से मारा और सांप के दो टुकड़े कर दिये। हर टुकड़ा अलग-अलग रेंगने लगा। ओल्या चीखती ही रही। अब सभी लड़कियों ने चीखना शुरू कर दिया था। मगर मास्टरनीजी नहीं चिल्ला रही थीं। वह पापा की तरफ दिलचस्पी के साथ देख रही थीं। पापा जुटे हुए थे। पहले उन्होंने दो से चार सांप किये, फिर चार से आठ। वह शायद सोलह या बत्तीस भी कर देते , मगर तभी मास्टरनीजी उनके पास आ गईं और पापा के हाथ को कसकर पकड़ते हुए बोली :

"अब बस भी करो! यह दुमई है। दुमई ज़हरीला नहीं होता। यह बल्कि अच्छा ही होता है।"

पापा ने उसके टुकड़े करना बंद कर दिया। लड़कियों ने चीखना बंद कर दिया। मगर ओल्या चुप नहीं हई।

"यह दुमई है! अरे दुमई !" वह चिल्लाई।

अब सब लड़कों ने चिल्लाना शुरू कर दिया था।

"बचाओं! अरे बचाओं!" वे चिल्लाये। "अरे अम्मा ! अरे पापा ! बचाओं! सांप है, सांप !"

"चुप रहो, तुम सब!" मास्टरनीजी बोली। और आखिर जब सब चुप हो गये, तो उन्होंने नरम आवाज़ में कहा:

"दुमई ज़हरीला नहीं होता। यह उपयोगी सांप होता है। तुम्हें दुमई और ज़हरीले सांप में फर्क करना सीखना चाहिए। इस बात को याद

रखो। और यह भी याद रखो कि यह जाने बिना कि तुम किस बारे में चिल्ला रहे हो , तुम्हें इस तरह पागलों की तरह चीखना भी नहीं चाहिए और अगर किसी लड़के ने यह समझा कि यह ज़हरीला सांप है और डरकर भाग नहीं गया, बल्कि खड़ा हो गया और अपनी दोस्त को बचाने लगा, तो इसकी कोई वजह नहीं कि उस पर हंसा जाये। वैसे यह बात और है कि सांप के सैकड़ों टुकड़े करना भी जरूरी नहीं है।"

और इस पर सभी लड़के भी और लड़कियाँ भी हंस पड़े। पापा ने अपनी बेलची को झाड़ियों में फेंक दिया और उसके बाद बहुत दिन तक स्कूल में सभी उनके पीछे चिल्लाते रहे, "दुमई, अरे दुमई ! बचओं ! अरे बचाओं!" यद्यपि पापा यही समझते रहे कि उन्हें ओल्या को ही चिढ़ाना चाहिए। जिंदगी में उन्होंने यही आखिरी सांप मारा था।

पापा ने जर्मन सीखी

पापा जब बच्चे थे, तो उन्हें अच्छे-बुरे सभी तरह-तरह के नंबर मिलते थे। रूसी में उन्हें 'अच्छा' मिला , अंक गणित में 'साधारण', सुलेख में 'खराब' और ड्राइंग में 'बहुत खराब' मिला। ड्राइंग मास्टर ने उनसे कह दिया था कि अगर तुमने काम नहीं सुधारा , तो तुम्हें फिर 'बहुत ज़्यादा खराब' दूँगा।

एक दिन क्लास में एक नई मास्टरनीजी आईं। "मेरा नाम येलेना सेर्गेयेव्ना है और तुम्हारा नाम क्या है ? " उन्होंने पूछा और मुस्करा दी। और हर किसी ने चिल्ला-चिल्ला कर बताया।

येलेना सेर्गेयेव्ना ने अपने कानों को अपने हाथों से बंद कर लिया और बच्चों ने चिल्लाना बंद कर दिया। तब वह बोली :

"मैं तुम्हें जर्मन पढाऊँगी । क्या तुम्हें यह बात पसंद आयेगी?"

"हां! हां!" सारी क्लास चिल्लाई।

और इस तरह छोटे पापा ने जर्मन सीखनी शुरू की। शुरू-शुरू में उन्हें यह अच्छा लगता था कि जर्मन भाषा में कुर्सी "देर श्तूल" है, मेज़ "देर तिश", किताब "दास बूख', लड़का "देर क्नाबे", लड़की "दास मेदखेन"।

यह एक खेल की तरह था और सभी बच्चों की इसमें दिलचस्पी थी। लेकिन जब उन्होंने धातुरूप बनाना और कारकों का रूपांतर करना शुरू किया, तो क्नाबे और मेदखेन कुछ उबाऊ बन गये। उन्होंने महसूस किया कि जर्मन सीखने के लिए उन्हें पढ़ना भी पड़ेगा। और यह किसी भी तरह खेल न था। अंक गणित या रूसी की तरह यह भी एक विषय ही था। उन्हें एक साथ तीन-तीन चीजें सीखनी थीं -- जर्मन लिखना , जर्मन पढ़ना और जर्मन बोलना। येलेना सेर्गेयेव्ना पढ़ाई को दिलचस्प बनाने की भरसक कोशिश करतीं। वह जर्मन भाषा में मज़ेदार कहानियों की किताबें क्लास में लाईं। उन्होंने बच्चों को जर्मन गीत सिखाये और जर्मन में मज़ेदार चुटकुले सुनाये। जो बच्चे सचमुच पढ़ते थे, उन्हें बहुत मज़ा आता था। मगर जो नहीं पढ़ते थे, वे उनकी बात समझ भी नहीं पाते थे। कुदरती तौर पर उन्हें बहुतं बोरियत होती थी। वे शायद ही कभी "दास बुख" को पढ़ते और जब येलेना सेर्गेयेव्ना उनसे कुछ पूछती, तो वे "देर तिश' की तरह खामोश रहते थे।

कभी-कभी , जर्मन भाषा के घंटे के शुरू होने के ऐन पहले एक ज़ोरदार नारा गूंज जाता था : "Ich habe spazieren!" (इख हाबे इपत्सीरेन), जिसका मतलब होता है - " मुझे सैर करना है!" लेकिन स्कूली भाषा में इसका मतलब होता था - " चलो, भागो यहां से !" इस नारे को सुनने के साथ कई बच्चे इसमें शामिल हो जाते। बेचारी येलेना सेर्गेयेव्ना क्लास में आने पर पातीं कि सभी लड़के "श्पत्मीरेन" कर रहे हैं और बस लड़कियाँ ही पढ़ने के लिए क्लास में रह गई हैं। इससे उन्हें बहुत दुख होता। पापा भी "श्पत्सीरेन" करनेवालों में से थे।

वह येलेना सेर्गेयेव्ना को दुखी करने के लिए नहीं भागते थे। बात बस यह थी कि भाग जाने और प्रिंसीपल साहब, मास्टरों-मस्टरनियों और येलेना सेर्गेयेव्ना से स्कूल की अटारी में जा छिपने में बहुत मज़ा

आता था। यह इससे कहीं ज्यादा मजेदार था कि सबक़ तैयार किये बिना क्लास में बैठे रहो और येलेना सेर्गेयेव्ना के प्रश्न "Haben Sie ein Federmesser?" (हाबेन जी आइन फ़ेदेरमेस्सर), जिसका मतलब होता है " क्या आपके पास चाकू है ?" -- के उत्तर में खामोशी से खड़े रहो और आखिर किसी तरह यह कह दो: "Ich nicht..." (इह नीख्त) - मतलब "मैं नहीं ..."। सभी लड़के-लड़कियाँ ऐसे जवाब पर हंस पड़ती थीं। पापा को लोगों का अपने पर हंसना पसंद नहीं था। उन्हें औरों पर हंसना कहीं ज्यादा अच्छा लगता था। अगर वह ज्यादा होशियार होते, तो अपनी पढ़ाई ठीक से करना शुरू कर देते। लेकिन पापा मास्टरनीजी से बहुत नाराज़ थे। वह जर्मन भाषा से नाराज़ थे। और उन्होंने इससे बदला भी ले लिया। पापा ने जर्मन कभी ऐसे नहीं पढ़ी जैसे कि उन्हें पढ़ना चाहिए था। बाद में दूसरे स्कूल में उन्होंने कभी फ्रेंच, ठीक तरह से नहीं पढ़ी। इसके बाद कॉलेज में उन्होंने अंग्रेज़ी भी नहीं पढ़ी और अब पापा को एक भी विदेशी भाषा नहीं आती। अब वह इस बात को महसूस करते हैं कि असल में नुकसान उन्हीं का हुआ है। अपनी कई मनपसंद किताबों को वह उस भाषा में नहीं पढ़ सकते, जिसमें वे लिखी गई थी। पापा को अक्सर दूसरे देशों के लोगों से परिचित करवाया जाता है। वे रूसी भाषा बहुत खराब बोलते हैं, मगर वे सब रूसी पढ़ रहे हैं और वे पापा से पूछते हैं : "Sprechen Sie Deutch?", "Do you speak English?", "Parles vous Francais?"*[1] पापा बस अपना सिर हिला देते हैं। वह बस यही कह सकते हैं: "Ich nicht..." और उन्हें बहुत शर्म आती है।

---

1 क्या आप जरमन बोलते हैं? क्या आप अंग्रेज़ी बोलते हैं ? क्या आप फ्रेंच बोलते हैं ? - अनु०

पापा ने दो निबंध लिखे

पापा जब बच्चे थे, तो उनका एक दोस्त वास्या सेरेदिन था। वास्या का घर पापा के घर के बराबर ही था। वे स्कूल सदा साथ-साथ जाते थे और घर हमेशा साथ-साथ लौटते थे। स्कूल में वे एक ही डेस्क पर बैठते थे। वास्या गणित के सवाल क्लास भर में सबसे जल्दी करता था। वह गणित में पापा की मदद करता था और पापा कविताएं पढ़ने और निबंध लिखने में उसकी सहायता करते थे। वे एक-दूसरे से बहुत खुश थे। अगर वे लड़ते , तो बस एक-दूसरे से ही।

एक दिन मास्टरनीजी ने कहा कि अगले दिन का काम होगा एक निबंध लिखना , जिसका शीर्षक होगा : "मैंने गर्मियाँ कैसे बिताईं।"

"मेरी समझ में नहीं आता कि क्या लिखूँ," वास्या ने पापा से कहा।

"तूने गर्मियों कहां बिताई थीं?" पापा ने पूछा।

"मैं देहात में था," वास्या बोला।

"ठीक है, तो देहात के ही बारे में लिख दे।"

"क्या लिखूँ?"

"तूने क्या किया था?"

कुछ खास नहीं... मैं तैरता और मछलियाँ पकड़ता था और जंगलों में घूमता था ...

"इसी के बारे में तो तुम्हें लिखना है," पापा ने कहा।

ज़रा ही देर में वास्या का निबंध तैयार था। उसने उसे पापा को दिखाया। उसने लिखा था :

मैंने गर्मियों कैसे बिताई मैने गर्मियों अपनी नानी के साथ देहात में बिताईं।

मैं लड़कों के साथ तैरता , मछलियाँ पकड़ता और जंगल में घूमने जाता था। गर्मियों में देहात में बहुत अच्छा लगता है।

वा० सेरेदिन

"यह कोई निबंध नहीं है," पापा ने कहा।" अपनी नानी के बारे में लिख , इस बारे में लिख कि वह कैसी हैं, उन्होंने क्या कहा , क्या किया , वह कौन से गीत गाती थीं।"

"वह गाती नहीं थीं, वह मुझे कहानियां सुनाया करती थीं," वास्या बोला।

"ठीक है, तो इन कहानियों के बारे में ही लिख दे। लड़कों के बारे में, नदी के बारे में और जंगल के बारे में लिख दे।"

"यह सब लिखना मुझे नहीं आता," वास्या बोला। "अगर यह सब बातें मैं तुझे सुना दूं और तू इसे लिख दे, तो कैसा रहे?"

और वास्या ने पापा को अपनी नानी और लड़कों और जंगल और नदी के बारे में सभी कूछ बता दिया। पापा ने एक लंबा निबंध लिखा। उन्होंने बहुत सख्त कोशिश की थी। निबंध खासा अच्छा था। वास्या बहुत खुश हुआ।

"मैं इसकी नकल कर लूँगा" उसने कहा।" और बीच में तू भी अपना निबंध लिखना शुरू कर दे। अब ज्यादा वक्त नहीं है।"

जब वास्या चला गया, तो पापा अपना निबंध लिखने के लिए बैठे, मगर उन्हें बहुत मुश्किल पड़ी। एक ही चीज़ को एक के बाद एक दो-दो बार लिखना कोई आसान काम नहीं है। पापा ने भी गर्मियों देहात में ही बिताई थीं। वह भी जंगल में गये थे और नदी में तैरते भी थे। लेकिन इस सब के बारे में वह वास्या के निबंध में लिख चुके थे। अब उनका ध्यान बस इसी बात की तरफ था कि एक ऐसा निबंध लिखें, जो वास्या जैसा न हो , नहीं तो मास्टरनीजी समझ जायेंगी कि दाल में कुछ काला ज़रूर है। अब पापा को इस बात की भी परवाह नहीं रही थी कि उनका निबंध अच्छा बनता है या नहीं। उन्होंने एक निबंध लिखा , जो वास्या के निबंध जैसा ज़रा भी नहीं था। दर असल , जैसा कि मास्टरनीजी ने कहा, वह किसी भी चीज़ से नहीं मिलता था।

जब मास्टरनीजी ने उनकी कापियां लौटाईं , तो उन्होंने कहा :

"ये रहे तुम्हारे निबंध, बच्चों! वास्या सेरेदिन का निबंध सबसे अच्छा है। मैं इसे पढ़कर सुनाऊंगी ।"

और उन्होंने पापा का पहला निबंध पढ़कर सुनाया - वही , जो उन्होंने वास्या के लिए लिखा था।

"बहुत अच्छे, वास्या!" मास्टरनीजी बोली। "तुमने बहुत बढ़िया निबंध लिखा है। यह दिलचस्प है और अच्छी तरह लिखा गया है और इसमें कोई गलती नहीं है। तुम्हारी नानी और दोस्त बहुत शानदार हैं !"

फिर, किसी अनजाने कारण से , उन्होंने पापा की तरफ देखा। वास्या सेरेदिन का चेहरा सुर्ख हो गया। वह किसी ऐसी बात के लिए शाबाशी नहीं चाहता था, जो किसी और ने की थी। फिर मास्टरनीजी ने कहा :

"और अब मैं सबसे खराब निबंध पढ़कर सुनाऊंगी।" और उन्होंने वह निबंध पढ़ा , जो पापा ने दूसरी बार लिखा था। अब पापा का मुंह लाल हो गया। वह किसी ऐसी बात के लिए डांट नहीं खाना चाहते थे, जिसमें उनका कोई कसूर न था और उन्हें बड़ी शर्म आई।

जब मास्टरनीजी पापा का निबंध सुना चुकी, तो वह बोली :

"मुझे आशा है कि अगली बार इससे अच्छा लिखोगे और वास्या इससे खराब नहीं लिखेगा। साफ है, न?"

"हां ..." पापा ने धीरे-से कहा।

"तुम्हें भी बात साफ है न, वास्या?" मास्टरनीजी ने पूछा।

"हां ..." वास्या ने इतने ही धीरे-से कहा।।

वे दोनों लाल-लाल गाल किये साथ-साथ बैठे थे और कोई बच्चा कुछ न समझ सका। पापा और उसके दोस्त वास्या के साथ जो हुआ था, उसके बारे में कुछ भी न कहा। लेकिन तभी से पापा ने अपना गणित आप करना शुरू कर दिया। और वास्या ने भी पापा की मदद के बिना निबंध लिखना शुरू कर दिया। शुरू-शुरू में पापा से कई गलतियाँ होती थीं। वास्या के निबंध भी बहुत अच्छे न होते थे। आखिर, दोनों ही का काम सुधर गया और उन्होंने महसूस कर लिया कि अगर किसी चीज़ को अपने-आप न किया जाये, तो वह कभी भी नहीं आ सकती। लेकिन फिर भी वे लोग कई साल तक एक ही डेस्क पर बैठते रहे।

पापा ने मायाकोव्स्की* से बातें की

पापा जब बच्चे थे, तो एक बार उन्होंने कवि मायाकोव्स्की से बातें की, या यह कहो कि मायाकोव्स्की ने उनसे बातें कीं। यह बात इस तरह हुई।

पापा ने एक कविता लिखी-'खनिक'। उन्होंने उसे अपनी मास्टरनीजी को दिखाया। मास्टरनीजी ने कविता को पढ़ा और कहा :

"हमारे स्कूल में और कोई कविता नहीं लिखता। इसलिए हम तुम्हारी कविता को अपने स्कूली अखबार में छापेंगे। तुमने इसे लिखा, यह अच्छी बात है। मगर देखना, मेहरबानी करके यह मत समझ

---

* बलादीमरि मायाकोव्स्की (१८६३-१९३०) - एक प्रतभिाशाली सोवयित कव। - अनु०

लेना कि तुम पुश्किन*[1] हो गये हो।"

पापा ने प्रण किया कि वह यह नहीं सोचेंगे कि वह पुश्किन बन गये हैं।

कविता स्कूल के अखबार में निकली। सभी बच्चे अखबार पढ़ते थे, इसलिए उन्हें पता चल गया कि तीसरी क्लास में एक लड़का है, जो कविता लिखता है। मास्टर-मास्टरनियों ने उनकी तारीफ की। लड़कों ने उन्हें चिढ़ाया :

"कवि बड़ा लाट

सिर पर तेरे खाट ! "

सभी बड़ी लड़कियों ने पापा की खुशामद की कि वह उनके अलबमों में कुछ न कुछ लिखें। और स्कूली अखबार के संपादक ने उनसे कहा :

"अच्छा यही रहेगा कि तुम हर अंक के लिए एक कविता लिखा करो, वरना तुम्हें पछताना पड़ेगा," और उसने पापा की नाक के नीचे अपना धूंसा ताना।

जब पापा बड़े हुए, तो उन्होंने महसूस किया कि ऐसे संपादक के तो हर कवि सपने देखा करता है। लेकिन उस समय तो वह बस डर ही गये थे। संपादक सातवीं क्लास का एक भारी-भरकम लड़का था और उसका घूसा इतना बड़ा था कि कोई भी उससे डर जाता। यही कारण था कि उसी के बाद से स्कूली अखबार के हर अंक में छोटे पापा की एक कविता ज़रूर होती थी। कभी-कभी तो दो-दो कविताएं तक होती थीं।

पापा ज़माने भर की हर चीज़ के बारे में कविताएं लिखते - वसंत के बारे में, सर्दियों के बारे में, शिशिर और ग्रीष्म के बारे में, एक कविता पेरिस कम्यून के बारे में थी | कुछ कविताएं धोंसुओं और नकल करने के बारे में थीं |

'पुगाचोव की बग़ावत' नामक एक कविता तो रसायन शास्त्र के घंटे से भाग जानेवाले छठी क्लास के बच्चों के बारे तक में थी। कविता का शीर्षक रसायन शास्त्र के शिक्षक के नाम से लिया गया था , जो

1 * अलेक्सान्द्र पुश्किन (१७६६-१८३७) - रूस के महानतम कवि और साहित्यकार थे। - अनु०

पुगाचोव था। दो साल के भीतर पापा ने कितनी ही कविताएं लिख डाली। लेकिन उनको यह पता नहीं था कि कविताएं अच्छी हैं या बुरी। स्कूल में हर कोई उनकी तारीफ करता, मगर पापा को लगता कि यह असली कविता नहीं है। उन्हें इस बात को जानने की बड़ी इच्छा थी कि वह कभी असली कविता लिख भी पायेंगे या नहीं। इस सवाल का जवाब कौन दे सकता था? ज़ाहिर है कि कोई असली कवि। सबसे अच्छा और सबसे मशहूर कवि। एक शब्द में , बस मायाकोव्स्की।

पापा ने अपनी बढ़िया कविताएं छांटी और उन्हें मायाकोव्स्की को दिखाने का फैसला किया। मगर पापा को मायाकोव्स्की के पास जाते डर लगता था, क्योंकि वह अभी भी बहुत छोटे ही थे। इसलिए उन्होंने मायाकोव्स्की को टेलीफोन करने का फैसला किया। मायाकोव्स्की का टेलीफोन नंबर उन्होंने डायरेक्टरी में देख लिया। फिर कई शामों तक लगातार, जब घर पर कोई न होता था, पापा अपनी कविताओं को मेज़ पर फैला लेते, हिम्मत बांधते, टेलीफोन का रिसीवर उठाते, आपरेटर को नंबर देते ... और फिर रिसीवर रख देते। वह इतना डरते थे कि उनसे मायाकोव्स्की से बात करने न बनता था। पूरे एक हफ्ते तक यही होता रहा। पापा को अपने पर बहुत शर्म आई।

आखिर, रविवार की शाम को, जब दादा और दादी थियेटर देखने गये हुए थे , पापा ने मायाकोव्स्की को फिर से टेलीफ़ोन किया। घबराहट के मारे कांपते हुए उन्होंने रिसीवर को कसकर पकड़ा हुआ था। इस बार उन्होंने रिसीवर को वापस नहीं रखा। उन्हें एक गहरी और ज़ोरदार गूंजती हुई आवाज़ सुनाई दी, जिसे उन्हें जिंदगी भर याद रखना था। इस शाम को यह आवाज़ गुस्से से भरी हुई थी। उसने काफी सख्ती से पूछा :

"कौन बोल रहा है?"

पापा की हिम्मत टूट गई। उनका दम घुटने लगा और उन्होंने कुछ भी नहीं कहा। आवाज़ गरजी :

"यह कौन बेवकूफी कर रहा है? कोई बेवकूफ हर शाम को टेलीफ़ोन करता है ! वह बस फोन करता है और कहता एक बात भी नहीं! अच्छा, कुछ तो बोलो! गाना ही सुना दो, प्यारे !"

पापा इस कदर डर गये थे कि वह एक शब्द भी न कह सके। वह क्षण उनके हाथ से निकल गया जब उन्हें माफी मांग लेनी चाहिए थी, हल्लो कहकर कुछ कह देना चाहिए था। जब वह बस यही कर सकते थे कि हाथ-पांव फुलाये खामोशी से सुनते ही रहें और यही उन्होंने किया भी।

"अच्छा, नमस्ते! तुम ज़रा इंतज़ार करो, मैं तुम्हें पकड़ ही लूँगा। मुझे फिर से टेलीफोन करके देखो, मेरी बात का मतलब तुम्हारी समझ में आ जायेगा !"और मायाकोव्स्की ने रिसीवर पटक दिया। पापा ने फिर कभी उन्हें फोन नहीं किया। उन्होंने उन्हें फिर कभी नहीं देखा , न उनको बोलते सुना। उन्होंने जो कुछ हुआ था, उसके बारे में किसी को बताया तक नहीं, और बरसों तक बस दो ही लोगों को इस बातचीत के बारे में मालूम था- पापा और मायाकोव्स्की। फिर सिर्फ पापा को ही इसकी जानकारी रही। लेकिन मायाकोव्स्की के साथ इस बातचीत को वह कभी भी नहीं भूले और अब तो तुम भी इसके बारे में जान गये हो!

पापा ने अपनी कविताएं सुनायीं

पापा जब बच्चे थे, तो पास के एक स्कूल ने उनके स्कूल को अपने उत्सव में निमंत्रित किया। यह एक बुलावे के बदले दूसरा बुलावा था। दूसरे स्कूल के बच्चे पहले पापा के स्कूल के उत्सव में आ चुके थे और उसमें भाग ले चुके थे। उन्होंने गीत और नाच पेश किये थे, कविताएं सुनाई थीं और जिम्नास्टिक्स के खेल दिखाये थे। उन्होंने पुश्किन के नाटक 'बोरीस गोदुनोव' का एक दृश्य भी प्रस्तुत किया था। यह बात दूसरी है कि जो लड़का ग्रिगोरी का अभिनय कर रहा था , वह - जब उसे खिड़की से कूदकर भाग जाना था- खिड़की की देहली पर जा गिरा था और अपने साथ पूरे सैट को लेकर गिर पड़ा था। लेकिन यह किसी के भी साथ हो सकता था। कुल मिलाकर उनका प्रदर्शन बहुत अच्छा रहा था। अब पापा के स्कूल को पड़ोस

के स्कूल में प्रदर्शन करना था। वे लोग वहां के बच्चों को चकित कर देना चाहते थे। लेकिन ऐसा करें, तो कैसे? वे इसी पर बातें कर रहे थे :

"हम गीत गा सकते हैं, मगर गा तो वे भी सकते हैं। हम नाच दिखा सकते हैं, मगर नाचते वे भी हैं। बल्कि वे इसमें हमसे अच्छे ही हैं। हां, हमारे जिम्नास्ट लगभग उनके जिम्नास्टों जैसे ही हैं। अगर हमारा पिरामिड गिर जाता है, तो क्या हुआ - उनका तो सारा सैट ही गिर पड़ा था! हम कविता-पाठ कर सकते हैं, मगर यह वे भी कर सकते हैं। हमारे पास ऐसा क्या है, जो उनके पास नहीं है ?"

हर कोई ज़बरदस्त सोच में पड़ गया। "हमारे यहां मीशा गोर्बुनोव है," आखिर में किसी ने कहा। इस पर हर कोई हंसने और चिल्लाने लगा :

"वह भौंक सकता है!",

"वह मुर्गे की बोली बोल सकता है!"

"वह बिल्ली की बोली बोल सकता है!"

"वह अपने हाथों पर चल सकता है !"

"भई , सब एक साथ मत चिल्लाओं!" मास्टरनीजी बोली।

शोर दब गया। मीशा ने कहा :

"तो क्या हुआ? हर कोई यह कर सकता है ... कहीं मुझे कविता लिखना आता होता, तो बात कुछ बनती भी ..."

और उसने पापा की तरफ देखा और दूसरे भी पापा की तरफ देखने लगे। मास्टरनीजी बोली :

"तुमने कितना ठीक कहा है! हमारे यहां हमारा अपना कवि

"और उनके यहां नहीं है!" बच्चे चिल्लाएं।

इस पर पापा ने कहा कि "मैंने कभी मंच पर और अजनबी स्कूल में कविताएं नहीं सुनायी हैं।"

लेकिन तब तक हर कोई चिल्लाने लगा :

"इसकी परवाह मत करो!"

"यह कोई बात नहीं!"

और मास्टरनीजी ने कहा:

"सब कुछ ठीक ही रहेगा। बस, यह मत भूल जाना कि तुम पुश्किन नहीं हो।" यह बात उन्होंने पहले भी बहुत बार कही थी और पापा इसे भूले नहीं थे।

वह भयानक दिन आखिर आ ही गया। डर के मारे कांपते हुए छोटे पापा अपने स्कूल के जिम्नास्टों, नर्तकों और गवैयों के साथ अजनबी स्कूल की तरफ चल पड़े। वह एक अजनबी स्टेज के नेपथ्य में खड़े एक अजनबी हॉल को देख रहे थे। वह अजनबी लड़कों और अजनबी लड़कियों से भरा हुआ था। पहली कतार में एक अजनबी प्रिंसिपल और अजनबी मास्टर-मास्टरनियां बैठे हुए थे। वे सब अजनबी आंखों से स्टेज की तरफ देख रहे थे और अजीब ढंग से हंस रहे थे। छोटे पापा की घबराहट बढ़ती जा रही थी। तुमने अब तक शायद अंदाज़ लगा लिया होगा कि हॉल बहुत ही साधारण लड़के-लड़कियों और मास्टर-मास्टरनियों से भरा हुआ था। वे बिल्कुल उसी तरह स्टेज की तरफ देख , हंस और तालियां बजा रहे थे, जैसे पापा के स्कूल में हर कोई करता था। लेकिन पापा को अजनबी स्कूल में स्टेज पर आने की घबराहट का ऐसा दौरा पड़ा कि उन्हें हर चीज़ अजनबी नज़र आने लगी।

बेकार ही मीशा उनके कान में फुसफुसाया :

"इस स्कूल में कोई खास बात नहीं है। बिल्कुल हमारे यहां जैसे ही लोग हैं, बल्कि उनसे भी बदतर..

बेकार ही लड़कियों ने उन्हें मिठाई की गोलियां दीं। बेकार ही मास्टरनीजी ने उनसे कहा :

"शर्म आनी चाहिए तुम्हें! तुम्हें तो कविताएं रटी पड़ी हैं, हैं न?"

"हां ..." पापा ने कांपते हुए होठों से जवाब दिया। और आखिर वह भयानक घड़ी भी आ ही गई।

"अब हमारे स्कूल के एक कवि आपको अपनी कविता सुनायेंगे", उन्होंने घोषणा करनेवाले को कहते सुना।

हर किसी ने तालियां बजाईं। मीशा ने पापा को धकेला और पापा अपने मन-मन भारी पैरों को घसीटते लड़खड़ाते मंच पर आ गये। अपनी ज़िंदगी में कभी उन्हें ऐसा डर नहीं लगा था। उनकी आंखों में पूरा हॉल घूम रहा था। उनका मुंह धूल की तरह खुश्क था। और

उनके कानों में एक अजीब और लगातार भिनभिनाहट हो रही थी, जो लहरों के टकराने की आवाज़ जैसी लगती थी।

पापा को हॉल में एक भी चेहरा ठीक से नहीं दिखाई पड़ रहा था। इसके बजाय उन्हें एक बड़ा रंगीन छींटा तेज़ चक्करों में घूमता नज़र आ रहा था। वह तालियां बजा रहा था। फिर सभी कुछ शांत हो गया। हर कोई उनकी कविता का इंतज़ार कर रहा था। मगर पापा वहां बस खड़े के खड़े ही रहे। बाद में मीशा ने बताया कि पापा पहले तो चादर की तरह सफेद पड़े हुए थे, फिर वह अचानक नीले पड़ गये, फिर वह हरे हो गये और उन पर सभी जगह लाल-लाल बुंदकियां छा गईं।

"देखते तुम भी!" मीशा ने कहा।"वह ऐसा लग रहा था, जैसे कोई आतिशबाजी हो! बाज़ी लगा लो अगर उनके स्कूल में कोई ऐसा कर ले !"

श्रोताओं में से कोई हंसने लगा और पापा ने आखिर अपने स्कूल के लिए लिखा अपना गीत सुनाना शुरू किया। पहले हर किसी ने खामोशी के साथ सुना, मगर जब वह टेक पर आये, तो श्रोता शोर मचाने लगे। टेक यह थी:

बोला, है कोई ऐसा अनुपम , ऐसा प्यारा
जैसा नं० २३ स्कूल हमारा - सबसे न्यारा !

उत्सव चूंकि स्कूल नं०६ में हो रहा था, इसलिए वहां के बच्चे पापा की बात मानने को तैयार नहीं थे। कुदरती तौर पर उन्हें लगा कि उनके स्कूल की इज़्ज़त पर बट्टा लग रहा है और उन्होंने पैर पीटना और शोर मचाना शुरू कर दिया। पापा इतने डर गये थे कि उनकी समझ में नहीं आ रहा था कि यह सब क्या और क्यों हो रहा है। उन्होंने अपना हाथ उठाया और बोले : ...

"कृपया मुझे बीच में मत टोकिये। जब मैं छंद पूरा कर लूं, तो आप मन चाहे जितना शोर कर लीजिये।"

और हर कोई खामोश हो गया। छोटे पापा नहीं समझ पाये कि यह कहकर उन्होंने अपनी शामत आप बुला ली है। स्कूल नं.०६ के बच्चे बहुत होशियार थे। कविता-पाठ एक मज़ेदार खेल की तरह चलता रहा। पापा एक छंद सुनाते और सब खामोश रहते। मगर जैसे ही वह टेक पर आते , शोर-शराबा मचने लगता। बच्चे चिल्लाते,

भौंकते, सीटियाँ बजाते और पैर पटकते। इसके बाद शोर खत्म हो जाता। पापा किसी तरह अगला छंद सुना देते। इसके बाद शोर फिर शुरू हो जाता। कविता में कई छंद थे और पापा एक के बाद एक उसे अंत तक सुनाते चले गये। आखिर जब उन्होंने पाठ पूरा किया, तो सुनने वालों और परदे के पीछे खड़े लोगों, सभी अजनबी बच्चों और उनके अपने स्कूल के साथियों की भी हंसी के मारे जान निकली जा रही थी। मीशा फर्श पर बल खा रहा था। उनकी मास्टरनीजी भी हंस रही थीं। पापा इस पाठ को कभी न भूल पाये। कई साल बीत गये हैं। छोटे पापा बड़े हो गये हैं। लेकिन आज भी अगर कोई अधेड़ अजनबी पापा की तरफ यह चिल्लाता हुआ लपके : "बोलो, है कोई ऐसा अनुपम !" और फिर आंखों से ओझल हो जाने के पहले बिल्ली की बोली बोल दे, तो पापा को पता चल जाता है कि यह अधेड़ आदमी बचपन में स्कूल नं. ०६ में जाता था। उसे पापा की कविता अभी तक याद है और पापा यह कभी नहीं भले हैं कि वह पुश्किन नहीं हैं ...

पापा टेबल-टेनिस खेले

पापा जब बच्चे थे, तब एक नया खेल निकाला गया था। इस खेल का नाम था टेबल-टेनिस। अब भी बहुतेरे बच्चे टेबल-टेनिस खेलते हैं। मगर तब हर स्कूल में, हर क्लास में, हर बाड़े में हर कोई टेबल-टेनिस खेला करता था। वे मेज़ों और बेंचों पर, पियानो पर, फर्श पर - हर जगह खेला करते थे। वे सुबह से शाम तक खेला करते थे। कोई-कोई तो रात में भी खेला करते थे। कई लोग तो यह भी भूल जाते थे कि टेबल-टेनिस के अलावा भी कुछ होता है। छोटे पापा के स्कूल में हर ही दिन टेबल-टेनिस के मैच हुआ करते थे। हर क्लास दूसरी क्लास के साथ मैच खेलती थी। फिर हर क्लास के विजेता स्कूल की चैंपियनशिप का फैसला करने के लिए खेलते थे। फिर स्कूलों के बीच मैच होते थे और इसमें जीतने वाला ज़िला चेंपियन कहलाता था।

इसके अलावा एक शहरी टूर्नामेंट भी होता था। फिर मास्को और लेनिनग्राद में भी टक्कर होती थी। पापा की समझ में यह बात आ ही नहीं पाती थी कि एक छोटी सी सफेद गेंद को छोटे-छोटे चप्पुओं से इधर-उधर उछालने में क्या मज़ा है।

"ये चप्पू नहीं, बैट हैं," बच्चे कहते।

"तो क्या हुआ? मैं फिर भी इसे नहीं समझ पाता।"

"तुम कोशिश क्यों नहीं करते?"

"इसमें कोई मज़ा नहीं।"

"मज़ा आयेगा।"

"न, नहीं आयेगा।"

"तुम कोशिश क्यों नहीं करते?"

"मैं चाहता ही नहीं।"

यह बातचीत कई बार हुई। कुदरती तौर पर खुशी भरा एक दिन आया जब पापा ने हाथ में टेबल-टेनिस का बैट लिया और मेज़ के एक तरफ अपनी जगह ले ली और यही उनकी कयामत थी। मैंने कहा है "खुशी भरा एक दिन," मगर पापा के माता-पिता ने इस दिन को हमेशा अपने जीवन के सबसे खराब दिनों में एक माना है। और यह सब इसीलिए कि पापा पर टेबल-टेनिस का जादू चढ़ गया। शुरू-शुरू में वह गेंद को अपने बैट से मार भी नहीं पाते थे। फिर उन्होंने गेंद को मारना तो सीख लिया, पर वह मेज़ पर उछलती नहीं थी। आखिर जब पापा के लिए गेंद को मारना संभव हो गया और वह मेज़ पर उछलकर जाने लगी, तो वह खेल में सचमुच दिलचस्पी लेने लगे। उन्होंने जान लिया कि गेंद को मारने के अलग-अलग तरीके हैं - उस पर चोट करके उसका रुख बदला जा सकता है या उसे चक्कर खिलाये जा सकते हैं। जब गेंद को इस तरह से मारा जाता था, तो वह उछल-उछलकर एक कोने में चली जाती थी।

अच्छा खिलाड़ी गेंद को अपने विरोधी की तरफ मेज़ पर वहीं टप्पा खिलाता था, जहां उसके लिए गेंद को रोकना सबसे मुश्किल होता था। पापा अब भी यही समझते हैं कि टेबल-टेनिस एक शानदार खेल है। मगर उन दिनों छोटे पापा का खयाल था कि टेबल-टेनिस

सारी दुनिया में सबसे अद्‌त खेल है। उन्होंने पढ़ना छोड़ दिया, घर का काम करना बंद कर दिया। स्कूल वह सिर्फ इसलिए जाते थे कि अपना मनपसंद खेल खेल सकें। खेल में वह लगातार अच्छे होते गये, मगर दूसरी तरफ पढ़ाई में उनके नंबर भी लगातार खराब होते चले गये।

मास्टरनीजी ने कई बार उन्हें अलग ले जाकर उनसे बातें की। उन्होंने समझाया कि हर चीज़ की एक हद होती है। उन्होंने पापा को इस कहावत की याद तक दिलवाई : "खेल के वक्त खेल और काम के वक्त काम।"

पापा बहस नहीं करते थे। बहस करने का फायदा भी क्या था? वह मास्टरनीजी को यह कैसे समझा पाते कि जहां तक मेरा सवाल है, टेबल-टेनिस ही जिंदगी का एक काम है, जबकि और सभी चीजें खेल हैं ? वह अपने किसी भी दोस्त की अपेक्षा ज़्यादा खेलते थे। वह उनमें से कई को हराने भी लगे थे। जिस दिन उन्होंने स्कूल के तीसरे नंबर के खिलाड़ी को हराया , उनकी मास्टरनीजी ने उनसे कहा :

"मैं तुम्हारे माता-पिता से बात करूँगी। ऐसी हालत बहुत समय नहीं चल सकती।"

उन्होंने दादा और दादी को खत लिखा। मगर उन्हें वह कभी नहीं मिला। पापा ने उसे लैटरबॉक्स से निकाल लिया , पढ़ा और फाड़ दिया। वह इतना खराब था कि उन्होंने उसके छोटे-छोटे टुकड़े कर दिये। .. तब मास्टरनीजी ने उनके माता-पिता को एक पत्र और भेजा। यह पहले पत्र से भी ज़्यादा खराब था। इसलिए पापा ने इसके और भी ज़्यादा छोटे-छोटे टुकड़े कर दिये।

इस बात की चर्चा करते शर्म आती है, मगर बात बिलकुल यही थी।

मास्टरनीजी को बहुत अचंभा हुआ कि दादा और दादी उनसे मिलने के लिए स्कूल नहीं आयें। ठीक तभी कि जब वह उन्हें तीसरा पत्र लिखने जा रही थीं, पापा ने स्कूल के चेंपियन को हरा दिया। इसके बाद उन्होंने तय किया कि उनके लिए अब स्कूल में करने को कुछ नहीं है। इसलिए उन्होंने स्कूल जाना बिलकुल ही छोड़ दिया। सुबह-सुबह वह यह दिखावा करते कि स्कूल जा रहे हैं। मगर उनके

थैले में किताबें या कापियां नहीं होती थीं। उसमें इनकी जगह टेबल-टेनिस के दो बैट, एक जाल और तीन गेंदें होती थीं। इनके अलावा एक सैंडविच भी होता था , जिसे पापा दोपहर के खाने की जगह खा लेते थे। दिन भर वह टेबल-टेनिस खेलते। अब पापा के कई नये दोस्त थे और वे भी टेबल-टेनिस के दीवाने थे। मास्को के सभी चैंपियनों से उनकी मुंह-दर-मुंह मुलाकात थी। मशहूर फ़ाल्केविच बंधु उनसे बराबरी के नाते से मिलते थे। अब वह जूनियर टीम के खिलाड़ी थे। अपना पहला असली मैच तक वह हार चुके थे। वह ... लेकिन तभी यह हुआ कि अपने पत्रों का उत्तर न मिलने के कारण और पापा को स्कूल से गैरहाजिर देख उनकी मास्टरनीजी उनसे मिलने के लिए घर आईं। लेकिन पापा घर पर नहीं थे। अलबत्ता दादा-दादी ज़रूर थे। जब उन्हें पता चला कि उनका बेटा कई दिनों से स्कूल गया ही नहीं है और सारा-सारा दिन एक छोटी-सी सफेद गेंद को पीटने में ही लगा देता है, तो वे हक्के-बक्के रह गये। उन्होंने सोचा कि पापा का दिमाग खराब हो गया है। आखिर, उन्होंने तो कभी टेबल-टेनिस खेला नहीं था। उन्होंने पापा के बैटों और गेंदों को छिपा दिया और उन्हें एक डाक्टर के पास ले गये। और कोई ऐसा-वैसा मामूली डाक्टर नहीं, बल्कि एक प्रोफेसर, जिसने अपनी सारी जिंदगी पागलों के इलाज में ही बिता दी थी। मगर प्रोफेसर साहब भी कभी टेबल-टेनिस नहीं खेले थे। वह इस बात को बस समझ ही नहीं पा रहे थे कि उसके पीछे पापा ने स्कूल जाना क्यों छोड़ दिया है। मगर छोटे पापा भी यह नहीं समझ पा रहे थे कि प्रोफेसर साहब उनसे ऐसे अजीब-अजीब सवाल क्यों पूछ रहे हैं :

"क्या स्कूल में लड़के तुम्हें मारते हैं?"

"क्या तुम ठीक सोते हो?"

"क्या तुम्हें सुबह सिर में दर्द होता है?"

"क्या तुम्हें शाम को सिर में दर्द होता है?"

"क्या तुम्हें अंधेरे से डर लगता है?"

"क्या तुम्हें कभी दौरा पड़ा है?"

"क्या तुम कभी बेहोश हुए हो?' । और पापा ने इन सभी सवालों के जवाब में "नहीं" कह दिया। प्रोफेसर साहब ने पूछना जारी रखा

: "क्या तुम्हें अपना स्कूल पसंद है?" "तुम्हें अपनी मास्टरनीजी पसंद है?" "क्या स्कूल में तुम्हारे दोस्त हैं?" "तुम्हारे दोस्त कौन हैं - लड़के?" "लड़कियाँ?"

और पापा ने इन सभी सवालों के जवाब में "हां" कह दिया।

फिर प्रोफेसर साहब ने पूछा : "क्या कोई लड़की ऐसी है, जो तुम्हें औरों से ज़्यादा अच्छी लगती है ?"

छोटे पापा नाराज़ हो गये और बोले : "आप यह सब क्यों पूछ रहे हैं, डाक्टर साहब? मैं स्कूल टेबल-टेनिस की वजह से नहीं जाता। आपके सभी सवालों का उससे कोई भी ताल्लुक नहीं।"

"ठीक है," प्रोफेसर साहब ने कहा। "तुम अब क्या करना चाहते हो?"

"टेबल-टेनिस खेलना," पापा ने क्षण भर को भी हिचके बिना जवाब दिया।

"जानते हो, इस सब का अंत क्या हो सकता है? तुमने कभी यह सोचा है?"

"बेशक," पापा ने कहा। "हमारी टीम मास्को की चैंपियनशिप जीत सकती है।"

इस पर प्रोफेसर साहब ने अपने कंधे मिचका दिये। उन्होंने एक गिलास पानी में कुछ बूंदें डाली और पापा से कहा : "लो, इसे पी लो।" "मुझे नहीं चाहिए," पापा ने कहा। " मैं बीमार नहीं हूँ।"

"लेकिन मैं हूँ," प्रोफेसर साहब ने कहा और वह दवाई को खुद पी गये। फिर उन्होंने फुसफसाते हुए कहा:

"अगर मैं तुम्हारे माता-पिता को इस बात के लिए राजी कर लूं कि तुम्हें इस सीज़न भर खेलने दिया जाये, तो बोलो, क्या तुम यह वादा करते हो कि शिशिर में स्कूल जाना शुरू कर दोगे?"

"हाँ," छोटे पापा ने जवाब दिया। प्रोफेसर साहब ने दादा और दादी को बुलाया और कहा:

"लड़का बिलकुल ठीक है। उसे खेलने दीजिये। वैसे भी, इस तिमाही के ज़्यादातर हिस्से में तो यह स्कूल गया ही नहीं है।"

यह कहने के बाद उन्होंने कुछ दवाई और पी ली।

पापा के माता-पिता उन्हें घर ले आये।

पापा की टीम टूर्नामेंट में नहीं जीती, मगर दूसरे नंबर पर अलबत्ता आ गई। और पापा अब भी यही कहते हैं कि उनका साल खराब नहीं गया। तब उन्होंने अनुभव किया कि टेबल-टेनिस ही दुनिया में सबसे बड़ी चीज नहीं है। उन्हें अपने स्कूल तक की याद आने लगी। शिशिर में वह खुशी-खुशी स्कूल लौट आये और अंत में उसे खत्म भी कर दिया। कई साल बीत गये। उनका पुराना बैट अभी भी अलमारी के ऊपर रखा हुआ है। दादा-दादी अभी भी उसे जब भी देखते हैं, सहम जाते हैं। लेकिन पापा उसकी तरफ प्यार भरी आंखों से देखते हैं। टेबल-टेनिस के पीछे स्कूल छोड़ना बेशक नादानी थी। इस कहानी को सुनकर सभी हंसते हैं। पापा भी हंसते हैं। तिस पर भी टेबल-टेनिस एक बहुत ही अच्छा खेल है। मैं इसके बारे में किसी दिन लिखूँगा। ज़रूर लिखूँगा।

जब पापा ने देखा कि उनकी बिटिया टेबल-टेनिस खेलना शुरू कर रही है, तो वह बहुत डर गये। उन्हें यह देखकर बहुत तसल्ली हुई कि वह स्कूल नहीं छोड़ने जा रही है - वैसे चाहे वह स्कूल की चेंपियन भी हो गई। तब जाकर उनकी समझ में आया कि दादा और दादी को कैसा लगा होगा और उन्होंने अपने पुराने बैट को अलमारी के एक कोने में छिपा दिया। लेकिन वह उसे कभी-कभी निकाल लेते हैं और अपने टेबल-टेनिस के दिनों की याद को ताज़ा कर लेते हैं।

पापा ने स्टूल बनाया

पापा जब बच्चे थे, तो उन्होंने एक स्टूल अपने-आप बनाया था। उस जैसा कोई और स्टूल शायद दुनिया भर में नहीं था। बढ़ईगिरी के शिक्षक , ज़खार पेत्रोविच का तो कम से कम यही विश्वास था।

स्कूल में एक वर्कशॉप थी। ज़खार पेत्रोविच लड़कों को आरे से चीरना, बसूले से छीलना, हथौड़े से ठोकना, रंदा चलाना और सरेश लगाना, अपनी बनाई खराब चीज को उखाड़कर अलग-अलग करना और उसे तब तक बार-बार फिर शुरू करना सिखाते थे कि जब तक वह ठीक न बन जाये। वह एक ठिंगने, अधेड़ आदमी थे और लोहे के फ्रेम का चश्मा लगाते थे। उनकी मनपसंद कहावत थी, " मार से भूत डरता है और उस्ताद से काम।" कभी-कभी वह इसमें यह भी जोड़ देते, "निठल्ला ही काम से जी चुराता है।"

उन्होंने पढ़ाई की शुरूआत इस तरह की :

"यह क्या है?"

"हथौड़ा!" हर कोई चिल्लाया।

"ठीक है। और यह?"

"कील!"

"ठीक! और यह क्या है ?"

"तख्ता!"

"शाबाश! तो करना यह है कि इस कील को इस तख्ते में इस हथौड़े की एक चोट से घुसा देना है। कौन करेगा यह?"

"मैं!"

"मैं कर सकता हूँ!"

"मुझे करने दीजिये!"

तैयार कई लोग थे। मगर ताकतवर से ताकतवर लड़के भी कील को एक चोट से नहीं घुसा पाये। तब ज़खार पेत्रोविच ने एक और कील ली, उसे तख्ते पर रखा और उस पर चोट की। उन्होंने उसे बहुत ज़ोर से नहीं मारा। हर किसी का मुंह खुला का खुला रह गया - कील एक ही चोट में तख्ते के भीतर जा घुसी थी।

"तुम्हारी आँख अच्छी और हाथ सधा हुआ होना चाहिए" ज़खार पेत्रोविच ने कहा।" "बात साफ है, न?"

"हाँ!" छोटे पापा ने कहा और पूरे ज़ोर से अपने अँगूठे पर हथौड़ा दे मारा।

उन्हें तारे नज़र आने लगे। सभी लड़के हंस पड़े।

"हंसने की कोई बात नहीं है," ज़खार पेत्रोविच ने कहा। "क्या तुम्हारे खयाल से मैं हमेशा कील पर ही चोट करता था? ज़रा भी नहीं।

कभी-कभी मैं अपनी उंगली पर चोट कर बैठता था और तब इसके साथ-साथ मैं सिर पर भी एक धौल खाता था। मेरे उस्ताद मुझे इसी तरह यह बताते थे कि सही चोट उन्होंने की है, मैंने नहीं ... हम लोगों को इसी तरह सिखाया जाता था।"

हर किसी को ज़खार पेत्रोविच के बचपन पर तरस आया , मगर वह हंस पड़े और फिर बोले :

"परवाह मत करो- मैं किसी को नहीं मारूंगा। यहां तुम खुद अपने उस्ताद हो। यहां की हर चीज़ तुम्हारे लिए ही है। हम एक छोटा-सा स्टूल बनाना सीखने के साथ शुरूआत करेंगे।"

छोटा स्टूल ! इससे भी ज्यादा आसान और क्या हो सकता है ?

मगर ज़रा खुद कोशिश करके बनाकर देखो। और बनाना ऐसा कि नाप सही हो। उफ़, कितनी कटाई और रंदाई करनी होती है और सरेश लगाकर कितनी जुड़ाई करनी पड़ती है, और कितनी बार पब को फिर से उखाड़ना और फिर से शुरू करना पड़ता है! इसके लिए कितने काम, कितनी ताकत, कितनी चतुराई और कितने धीरज की ज़रूरत पड़ती है !

मीशा गोर्बुनोव अपने स्टूल को पूरा करनेवाला पहला लड़का था।

"बैठिये!" उसने शेखी के साथ कहा।

"खुद ही बैठकर देखो, न!" ज़खार पेत्रोविच ने जवाब दिया।

मीशा बड़ी शान के साथ उस पर सावधानीपूर्वक बैठा। स्टूल चर्राया और टुकड़े-टुकड़े होकर बिखर गया। मीशा फर्श पर आ बैठा और हर कोई हंस पड़ा।

"काम तुमने जल्दी कर दिया, मगर किया खराब," ज़खार पेत्रोविच ने कहा।" अब फिर शुरू करो, और ऐसी जल्दी मत करना, वरना तुम फिर सब को हंसवाओगे।"

पहली बार में कोई भी अच्छा स्टूल न बना सका। हर किसी को उसे फिर से शुरू करना पड़ा।

"परवाह मत करो, लड़को!" जखार पेत्रोविच उन्हें तसल्ली देते हुए कहते। "मास्को कोई एक ही दिन में तो बना नहीं था। तुमने शायद सोचा होगा कि हर कोई हथौड़ी से ठुकाई और आरे से चिराई कर सकता है। हां, बात तो यही है, मगर काम अच्छा करने के लिए इसमें बहुत पसीना भी लगाना पड़ता है।"

लड़के भरसक कोशिश करते। यह बिलकुल रोज़ाना की पढ़ाई जैसा ही तो था - वे सब सवाल को हल करने में सबसे पहले होना चाहते थे। यह सचमुच मज़ेदार था। आखिर, और सवालों पर आप बैठ नहीं सकते। आप उसे हल कर लें, तो बस , खेल खत्म! मगर यहां आप बनाने के बाद अपने खुद के स्टूल पर बैठ सकते थे। और औरों को भी बिठा सकते थे। वार्या ग्लाज़ुनोवा ने ही सबसे पहले सचमुच अच्छा स्टूल बनाया। लेकिन वह तो लड़की थी, न! ठीक है कि उसके पिताजी बढ़ई थे। उन्होंने उसे रंदे और आरे का इस्तेमाल सिखा दिया था। ज़खार पेत्रोविच ने वार्या की तारीफ के पुल बांध दिये।

"बहुत अच्छे! तुमने तो सारे लड़कों की नाक काट दी !" लड़कों

को बहुत बुरा लगा और उन्होंने उसे चिढ़ाना शुरू कर दिया। लेकिन वह कभी नहीं बिगड़ती थी। वह बस यही कहती रहती थी:

"अच्छा, तुम्हारे स्टूल कहां हैं?" लड़कों का मुंह बंद हो जाता।

अपना स्टूल देनेवाला दूसरा मीशा गोर्बुनोव था। लड़कों को अब इतना बुरा नहीं लगता था। इसके बाद हर किसी ने अपना तैयार काम देना शुरू कर दिया। जखार पेत्रोविच कहते :

"हाँ, स्टूल से तो कुछ मिलता-जुलता है ही।"

आखिर छोटे पापा ने भी अपना स्टूल पूरा कर लिया। उनके बदन पर जगह-जगह खरौंचें और चोटें लगी हुई थीं, उनके हाथों और चेहरे पर सरेश लगा हुआ था , लेकिन इसकी उन्हें ज़रा भी चिंता न थी। उनका पहला स्टूल जो तैयार था! उन्हें अपनी सालगिरह पर भी कभी इतनी खुशी नहीं हुई थी, जितनी अपने पहले स्टूल के तैयार होने के दिन हुई थी। ज़खार पेत्रोविच ने भी इसे महसूस कर लिया होगा।

"जाओ, बैठो इसके ऊपर!" उन्होंने अपने जादुई शब्द कहे।

पापा बहुत सावधानी के साथ बैठे। स्टूल चर्राया तक नहीं। मगर ज़खार पेत्रोविच ने तब उसकी तरफ़ बहुत बारीकी से देखा।

"जरा टांगें तो गिनो," उन्होंने शांत आवाज़ में कहा।

छोटे पापा को बहुत अचंभा हुआ। उन्होंने अपने पैरों की तरफ देखा। हमेशा ही की तरह , वे दो ही थे। लेकिन तभी लड़कों और लड़कियों ने खिलखिलाना शुरू कर दिया। ज़खार पेत्रोविच भी हंस पड़े।

आज भी पापा यह नहीं समझ पाते कि उन्होंने पांच टांगों वाला स्टूल कैसे बना दिया। लेकिन सो तो वह था ही। अभी भी वह हमारे पास है। और अभी भी उसमें पांच टांगें ही हैं। पांच, चार नहीं। अभी भी वह ज़खार पेत्रोविच को यह कहते सुन सकते हैं : "पांच टांगें कोई तीन टांगों से ज़्यादा अच्छी नहीं होतीं। फिर से शुरू करो।" और पापा का खयाल है कि यह एक ऐसी बात है, जिसे तुम चाहे कुछ भी क्यों न कर रहे हो, तुम्हें हमेशा याद रखना चाहिए।

www.ingramcontent.com/pod-product-compliance
Lightning Source LLC
LaVergne TN
LVHW102104041026
849558LV00002B/47
* 9 7 8 9 3 9 0 4 0 4 3 9 1 *